AF218107

ROBERT LOUIS STEVENSON

EL EXTRAÑO CASO DEL DR. JEKYLL Y MR. HYDE

LOS HOMBRES DICHOSOS

WILL EL DEL MOLINO

Títulos: El extraño caso del Dr. Jekyll y Mr. Hyde / Los Hombres Dichosos / Will el del molino
Títulos originales: *Strange Case of Dr Jekyll and Mr Hyde / The Merry Men / Will of the Mill*
Autor: Robert Louis Stevenson

C/ Primavera, 10, nave 35
28500 Arganda del Rey
Madrid-España
www.edimat.es

Traducción: Ana Pinedo Hay
Diseño e ilustraciones de cubierta: Karakachoff Estudio
Ilustración de cubierta: Koff para Karakachoff Estudio

ISBN: 978-84-9794-616-2
Depósito Legal: M-7784-2025

Impreso en España - *Printed in Spain*

INTRODUCCIÓN

Antecedentes históricos

El siglo XIX en Europa comienza con la resaca revolucionaria francesa y sigue, sin solución de continuidad, con una beligerancia épica encarnada en Napoleón que agitará los primeros años del siglo en lo geopolítico. Al mismo tiempo, el primer gran movimiento de la Revolución Industrial comienza a pergeñar lo que será la sociedad burguesa del XIX con sus excesos, pragmatismos e hipocresías. El nuevo utopismo convive con o, mejor dicho, contra el flamante liberalismo industrial, y de su lucha, a menudo desigual, surgirán buena parte de las corrientes artísticas que atraviesan el caudaloso y revuelto siglo. Los avances tecnológicos auguran para algunos ingenuos bienintencionados un progreso de la humanidad que proporcionará un mayor bienestar a todos, haciéndolo posible, en principio, sólo para la burguesía, pero que luego se irá extendiendo a todas las clases sociales. Dentro de estas clases sociales surge la del proletariado industrial que no sólo no recibirá mayores beneficios de la industrialización y el capitalismo sino que verá mermada su esperanza de vida y las condiciones de esta. El estamento burgués se erige en máximo dirigente de la economía mundial, siendo la economía mercantilista el nuevo patrón por el que se regirán las potencias europeas y norteamérica. La herencia de la sangre cada vez tiene menos valor por sí misma y, sólo unida a una fortaleza económica cada vez más inestable, sirve para acceder al paraíso del progreso industrial burgués. La época victoriana supone el fin de un idealismo maltrecho tras la hecatombe napoleónica y la subida al poder de un pragmatismo en lo económico que influirá en todo el ámbito social. Este pragmatismo conlleva una moral cada vez más estricta y ridícula que intenta llenar de hueros ideales y de ética *ad hoc* el terreno del capitalismo y colonialismo salvaje para equilibrar una supuesta balanza moral. La falta de escrúpulos a la hora de conseguir beneficios de la burguesía va acompañada de una moral artificiosa y alambicada, basada en el honor proporcionado por el dinero que separa a los hombres, al menos tanto como la herencia de la sangre lo hacía hasta la Revolución Francesa. La avidez de reconocimiento público de esta nueva burguesía la lleva a buscar una ostentación que contraste con las nuevas condiciones de vida y trabajo de los que eran campesinos hasta hacía poco. Frente a esto surge el nuevo utopismo socialista de Saint Simón y Fourier, el de personajes como Proudhon o, más adelante, traidores de clase como Owen o el gran ideólogo del XIX: Karl Marx. De la lucha desigual entre los defensores de una política basada en la lucha por la vida (Darwin, en lo social) y de los utopismos socialistas y anarquistas brota el rostro bruñido de un complicado siglo XIX. El intento del idealismo alemán de proclamar la superioridad del espíritu sobre la materia se ve interrumpido por las inmensas factorías con sus motores y la creciente mecanización de Occidente, de donde surgirá el afán por lo inmediato y el arrinconamiento de lo que de espiritual y místico tenía el Romanticismo. El ambiente enrarecido tras los excesos de la Revolución Francesa y los desmanes napoleónicos hace que los pensadores se preocupen más de la libertad en sus escritos, pero de una libertad posrevolucionaria, muy distinta a los enfoques anteriores a 1789. Además de esta libertad del individuo que se siente gravemente amenazado al haber probado, o creído probar por un instante su excitante sabor, surge una falsa libertad económica. Todo el mundo puede, aunque esta sea una condición más de posibilidad que de probabilidad, entrar en el nuevo juego del capital. Se crean las primeras cajas de ahorro a principios de la segunda década del siglo y el torbellino economicista se dispara, al igual que el resto de los aspectos de la vida que sufren un rápido avance: la prensa de cilindros acelera la impresión de papel moneda, de libros y de pasquines revolucionarios destinados a los proletarios explotados de las grandes ciudades. Todo avanza a gran velocidad, demasiada. Ni siquiera el propio sistema recién nacido puede aguantar el empuje negativo de sus propios excesos. Una ola de especulación, que encuentra su caldo de cultivo en la elevada inflación resultante de los ingentes gastos militares, provoca la bancarrota austriaca y la recesión alemana, además de las fortísimas cargas tributarias francesas que desangran a la nación en las aventuras monomaníacas napoleónicas. Inglaterra tiene que aumentar la circulación de papel moneda para intentar paliar la crisis momentáneamente y esto redunda en un empeoramiento del nivel adquisitivo y, por ende, de la calidad de vida de las capas menos favorecidas de la Inglaterra de principios de siglo. En estos momentos se empiezan a perfilar con más claridad los temas sociales hacia los que derivará buena parte del arte decimonónico. Del hegelianismo de izquierdas se llegará al marxismo, acuciado ese idealismo por la desgarradora realidad que se ve en las calles de las metrópolis. La lucha contra el maquinismo de algunos trabajadores e intelectuales se conjuga con la creciente expansión industrial, el aún vivísimo ímpetu romántico helenizante convive con la realidad tangible de la primera locomotora que acerca a los hombres pero más a las mercancías. El índice de mortalidad crece enormemente y no sólo a causa de las guerras sino también de las condiciones laborales industriales. En las ciudades el índice de mortalidad es mayor que el de natalidad y estas aumentan su población gracias a la emigración forzosa de los campesinos desheredados que llegan a las nuevas y ya ennegrecidas fábricas, minas y astilleros en busca de una vida menos dolorosa. Davy crea la lámpara de seguridad para los mineros, que salvará algunas de las numerosas vidas que se pierden constantemente en el loco afán plutoniano de la Revolución Industrial. Pero el progreso en seguridad y en sanidad va aún muy por detrás de los estragos causados por el afán de enriquecimiento y de la industrialización sin medida.

En este ambiente nacen, frente a autores históricos como Walter Scott, los iniciadores de la novela de la Revolución Industrial, de la que es Dickens su mejor exponente. La época victoriana se extiende a lo largo del reinado de la reina Victoria, esto es, desde 1837 hasta 1901. Durante este reinado se desarrolló la doble moral de mercaderes que supone el adjetivo victoriano. Bajo el reinado de Victoria, Inglaterra se alzó con la supremacía internacional en lo territorial y en lo económico por medio de la destilación de los valores antes apuntados de la creciente industrialización. En el apogeo de estos valores nació Robert Louis Stevenson, el 13 de noviembre de 1850, en Edimburgo, en el seno de una familia acomodada. Un año antes se había confirmado el triunfo de la reacción en Europa. En Rusia, Francia, Austria, Prusia y el Reino Unido los conservadores tomaban el poder. Sólo en Roma y en Hungría se sucede alguna agitación independentista en el marco de una Europa aparentemente segura e inevitablemente injusta, que necesita reparar las heridas que acarrea desde la Revolución Francesa hasta ese momento. En 1871, Robert Louis Stevenson publica su primer relato de ficción, *The Charity Bazaar*. Un año antes había muerto Charles Dickens, que retrató con suma maestría las condiciones de los desheredados de la sociedad y que es el sumo exponente de esta literatura que, entre adornos, critica los valores victorianos, aunque sin separarse excesivamente de ellos. Dentro de estas características se encuentran Thackeray (1811-1863), autor de la archiconocida *Vanity Fair;* Trollope (1815-1882) y una de las personalidades literarias más interesantes de todo el siglo XIX: George Eliot (1819-1880), bajo cuyo nombre se esconde Mary Ann Evans, creadora de una de las obras más profundamente representativas de los problemas de la sociedad campesina de la época: *Middlemarch*. Pero las críticas a la sociedad se hacían también desde otros campos no estrictamente literarios como las representadas por Carlyle (1795-1881), Ruskin (1819-1900) o el incisivo Samuel Butler (1835-1902), con su utopía al estilo moreano *Erewhon* (leído al revés, *nowhere:* en ningún lugar). Podemos dividir en tres los grupos literarios influyentes en el Reino Unido en el último cuarto del siglo XIX, en el que Stevenson escribió sus obras. Uno de estos grupos estaría formado por Eliot, Thackeray y Trollope entre otros, al que se uniría un componente más joven: Hardy (1840-1928), al que le unirían el tema de la confrontación entre lo rural y lo urbano y la uniformidad moral mutiladora de ambos mundos. Por otro lado, surgió una reacción ante la fealdad social y moral de la época que se sumergía en la contemplación de la belleza de una forma decadente, siguiendo los pasos del último Byron, como hizo Oscar Wilde (1854-1900). Pero otra reacción frente al mundo rígido e inhóspito surgió de las entrañas de la sociedad victoriana. Frente a los ritos monótonos e inflexibles de esa sociedad surgió, no tanto como rechazo frontal sino como huida en cierto modo acomodaticia, una literatura heredera en un principio de la obra de Walter Scott. Obras como *Las minas del rey Salomón* de Haggard (1856-1925), o *Las aventuras de Sherlock Holmes* de Conan Doyle, o la obra de Conrad (1857-1924), o las propias de Stevenson constituyen una forma de huida de un mundo gris hacia la ensoñación fantástica y aventurera que encontramos en estas obras.

Robert Louis Stevenson

Robert Lewis Balfour Stevenson nació el 13 de noviembre de 1850 en Edimburgo, hijo de Margaret Isabella Balfour y de Thomas Stevenson, un ingeniero y empresario escocés que intentó inculcar firmes valores victorianos en el joven Robert. Una profunda dedicación al trabajo y una igualmente profunda devoción religiosa fueron los determinantes de los primeros años de vida del autor de *El extraño caso del Dr. Jekyll y Mr. Hyde*. La infancia de Stevenson estuvo marcada, como el resto de su vida, por la enfermedad. De naturaleza delicada pero duro y perseverante, estuvo a punto de morir varias veces a causa de las complicaciones de una tuberculosis que comenzó a padecer en su infancia. Debido a ello, tuvo que guardar cama durante largo tiempo en su niñez y, tal como ocurre a menudo, esta obligación de reposo redundó en una afición por la lectura que le marcó profundamente. Gran lector de las obras de sir Walter Scott, Dumas y Defoe, su mente infantil y la de la primera adolescencia se fue moldeando al calor de las aventuras de Gulliver, de los tres mosqueteros y de Ivanhoe, entre otros. Pero estas no eran las únicas lecturas del joven Stevenson; fue también un precoz lector de historia y mitología, particularmente escocesa, de las cuales fue un gran conocedor. Dentro de la rígida disciplina de Thomas Stevenson, el joven Robert comenzó a estudiar ingeniería que nunca terminó y más adelante derecho, que sí concluyó aunque nunca ejerció de abogado. El contacto con el ambiente universitario estimuló a Stevenson si no a amar la abogacía, sí a penetrar en un ambiente juvenil que, aunque no especialmente inquieto y revolucionario, le pareció todo un descubrimiento al que poco antes había sido un niño que apenas había mantenido relaciones con muchachos de su edad debido a su delicada salud. Conoció el evolucionismo de Darwin, del que se hizo ferviente defensor, y olvidó las nunca bien asimiladas normas morales de sus progenitores, haciéndose asiduo a tertulias tabernarias y visitando los burdeles cercanos a dichas tabernas, para seguir allí descubriendo el mundo y el ser humano. Ya desde estos tiempos comenzó a mostrar una honestidad que le caracterizó a lo largo de toda su vida, además de una inclinación cada vez más pronunciada al ejercicio de la literatura. Pero su estricto padre no veía con buenos ojos estas aficiones bohemias de Robert y las discusiones fueron aumentando entre ambos, llegando a durísimos enfrentamientos que llegaron a afectar al sensible Stevenson hasta el punto de agravar sus dolencias seriamente. Llegados a este extremo, su padre decidió bajar el tono de sus reproches y anteponer la salud de su hijo a las convicciones morales propias. Robert fue enviado, con su aquiescencia, a descansar una temporada a la casa de su prima Churchill, en Suffolk. Fue allí donde conoció a Fanny Sitwell y a Sydney Colvin, que le introdujeron en el mundo literario. Tras un tiempo, nuestro autor decidió trasladarse a Barbizon, considerada como cuna del impresionismo francés y en la que entabló relación con buen número de artistas de la zona. De esa época y de esas tierras datan su obra *Viajes con un burro por las Cevenas* y un hecho fundamental en su vida, como fue conocer a la que sería más adelante su esposa y que cuando comenzaron sus relaciones era una mujer casada: Fanny Osbourne. Bastante recuperado de sus dolencias, aunque estas nunca desaparecieron, los enfrentamientos con su padre volvieron con más fuerza aún si cabe. Por amor hacia Fanny o tal vez para evitar los enfrentamientos con su padre, o tal vez por ambos motivos, Stevenson partió rumbo a los Estados Unidos no sin sufrir varias adversidades de todo tipo, que incluso llegaron a poner en riesgo su vida. Tras conseguir Fanny el divorcio de su esposo, se casó con Robert y poco tiempo después volvieron a Gran Bretaña para en breve comenzar un periplo que les llevaría de Escocia a Francia y de Francia a Suiza, en pos de los climas más adecuados para la salud de Stevenson. Durante este tiempo Robert escribió, además de artículos y ensayos diversos, *La isla del tesoro,* obra que le haría mundialmente famoso. En Inglaterra su enfermedad volvió a agravarse y fue durante la penosa convalecencia de esta cuando tomó realidad *El extraño caso del Dr. Jekyll y Mr. Hyde* y *Secuestrado,* que supusieron dos nuevos éxitos aunque de menor repercusión que *La isla del tesoro.* Algunos meses más tarde, ya ligeramente recuperado, Fanny y Robert volvieron a los Estados Unidos. Su llegada a Nueva York fue apoteósica. Stevenson había logrado fama mundial y en Norteamérica era aún más famoso que en su Escocia natal. De esa época, en la que no dejó de moverse de un lugar a otro en busca de ambientes favorables para su salud, datan *El señor de Ballantrae* y *El muerto vivo.* Debido a una propuesta editorial, Stevenson se embarcó rumbo a la Polinesia para escribir sobre los mares del Sur. Una vez llegado a Polinesia, su estado de salud mejoró notablemente y allí decidió quedarse, fascinado por las costumbres y el carácter de las gentes de Samoa. Allí escribió diversos cuentos y comenzó la redacción de *La presa de Hermiston,* que, a pesar de estar inconclusa, es una de las mejores obras de Stevenson. Pero su mala salud le jugó una última mala pasada y, repentinamente, a los cuarenta y cuatro años de edad falleció en Apia, Samoa, víctima de una hemorragia cerebral.

Semblanza de la obra de Stevenson

Stevenson es uno de los escritores más famosos de la historia de la literatura, aunque su obra haya sido considerada muchas veces como menor, con el tono despectivo con el que se ha empleado frecuentemente el término de literatura para jóvenes. Pocos autores, entre los que se encuentran Walter Scott y Jack London como figuras sobresalientes, han dotado de dignidad y estilo propio el género de aventuras y de acción como Robert Louis Stevenson. Quizá el mayor problema al que debe enfrentarse un autor de novelas de acción y aventuras sea extraliterario. Quien se dedica a este género difícilmente puede ocupar un lugar discreto e intermedio en el panorama literario. Una novela de aventuras no suele tener una acogida tibia por parte del público. O no tiene ninguna relevancia pública o rápidamente se convierte en éxito. Este éxito repentino, justificado o no, conlleva la popularidad entre todas las clases sociales y la crítica muchas veces feroz que despierta el escritor de *best-sellers*. En el caso de Stevenson, la acogida por parte del gran público ha sido siempre muy favorable y la de la crítica, cuando menos, muy tibia. A pesar de todo esto, ha sido casi unánime la consideración de Stevenson como un escritor que nunca pierde de vista un anhelo de pureza estilística, junto con una honestidad literaria que le lleva a una suerte de aparente neutralidad en la que se pretenden exponer los hechos sin un prejuicio moral. Esta neutralidad y objetividad, que ansiaba conseguir de su padre y que no logró, se presentan como divisas de su estilo literario y tienen su más claro exponente en la temática de *El extraño caso del Dr. Jekyll y Mr. Hyde,* en la que adopta la imparcialidad como forma de comunicación. Stevenson consideraba que el escritor es un orientador de la sociedad que no debe ofrecer una visión parcial e interesada de la realidad, puesto que esta parcialidad, aunque sea bienintencionada, es en sí inmoral. Este carácter de serena contemplación de los acontecimientos de ficción dominará toda su obra de una forma inconfundible.

A pesar de que destacó como agudo ensayista en sus obras *Virginibus puerisque, Estudios familiares de hombres y de libros* y *Memorias y retratos,* es en la novela y en los relatos donde se encuentra más a gusto y su genio encuentra el formato que se adapta al alcance de su impulso creador. Frecuentemente se ha achacado a Stevenson una incapacidad para escribir grandes novelas de largo aliento. El absurdo presupuesto de que las novelas importantes han de ser voluminosas, surgido al calor de obras maestras como la algo abultada *Los hermanos Karamazov* o la siempre interminable *Guerra y paz,* ha establecido una regla no escrita que mide la calidad por la cantidad y que desde mediados del siglo XIX hasta mediados del XX ha persistido, influyendo en la no siempre favorable crítica que se ha hecho de la obra de Stevenson. En efecto, al conjunto de la producción de Stevenson se le ha achacado carecer de peso y de estructura bien definida. Sin embargo, para ser justos hemos de decir que el autor de *Viajes por los mares del Sur* centra su lenguaje en la claridad pero no en la ligereza de contenidos que son los que, precisamente, le otorgan la atemporalidad que toda gran obra precisa para serlo. Busca el vigor en cierta brevedad y concisión que se mezcla, paradójicamente, con detalladas descripciones de ambientes. De esta forma todas sus obras son ligeras de leer, pero nunca quedan cojas ni son ejercicios premeditados de brevedad. La sensación de brevedad de las obras de Stevenson viene dada más por su amenidad que por su extensión, aspecto por el cual ha sido leído por niños y adultos de todo el mundo. Basándose en lo insólito, recrea los mitos y las preguntas eternas del ser humano acerca del bien y el mal, el valor, el riesgo... y todo ello aderezado con la amenidad que le han convertido en uno de los escritores favoritos de todos los tiempos.

El extraño caso del Dr. Jekyll y Mr. Hyde (Por Luis Gaspar)

Esta es sin duda una de la obras más conocidas de Stevenson, junto con *La isla del tesoro.* Es, como toda gran obra, hija de su tiempo y al mismo tiempo de vigencia total para todas las épocas. En el primer aspecto, se puede decir que es un texto característico de la época victoriana como crítica a las restricciones de la hipertrofia moral del victorianismo. El tema de la doble personalidad ya había sido tratado con anterioridad por otros autores, como Dostoievski en *El doble,* y será abordado más adelante por Wilde en *El retrato de Dorian Grey.* La dualidad del hombre es un asunto que aparece como recurrente en la historia de la humanidad, pero que a partir del siglo XIX, con los avances en el estudio de la psicología por parte de Wundt y James, entre otros, se vuelve recurrente. El progreso uniformemente acelerado de la Europa decimonónica incluye también el estudio profundo de la psique humana, lo cual, junto con el evolucionismo darviniano, provoca una gran polémica y una enorme curiosidad en todos los ámbitos. Se investiga el origen y la esencia del ser humano, perteneciendo a lo segundo el estudio del alma, campo antes reservado casi exclusivamente a teólogos y cuyas conclusiones estaban lastradas por las exigencias del dogma religioso. Al descubrir los esbozos de un posible mapa de la mente humana, surgen de pronto toda clase de posibilidades en la mente de los artistas, filósofos y científicos; una de ellas es la reflexión especular del alma, que nos reflejará a la derecha lo que solía estar a la izquierda y que tergiversa los valores cambiando arriba por abajo y bueno por malo; otra es la vivisección moral del hombre, de su alma, separando lo bueno de lo malo. Dentro de este caso se encuentra el motor interno de *Dr. Jekyll y Mr. Hyde.* Dice el doctor Jekyll:

> «Fue en el ámbito moral y en mi propia persona donde aprendí a conocer la cabal y primitiva dualidad humana; y vi que las dos naturalezas que contendían en el campo podrían

ser por separado yo, solamente porque yo era radicalmente ambas».

Pero este pasaje, que podría ser asumido en cualquier época de la humanidad como representación de la dualidad antes mencionada, no es la seña distintiva de la obra por sí sola. El aspecto dual del personaje protagonista está acentuado por el contexto social victoriano que cercena las muestras de alegría espontánea y obliga a la gravedad, a la seriedad que se espera de un brillante doctor del siglo XIX. Son estos aspectos los que llevan a Jekyll a investigar sobre la dualidad y los que provocan que tras tomar la fórmula surja el otro yo como una completa antítesis, no tanto de la personalidad natural de Jekyll sino como oposición a su máscara social. Aun así podemos leer:

> «He observado que cuando portaba la figura de Edward Hyde, nadie podía acercarse a mí sin que se estremecieran sus carnes. Pienso que ello se debe a que todos los seres humanos, tal como los conocemos, son una mezcla de bien y de mal: y Edward Hyde, único en todo el ámbito del género humano, era mal puro».

Pero no debemos olvidar que lo que más llama la atención en la novela en un principio son las conductas socialmente incorrectas para la época, más que una maldad en estado puro. Quizá el propio Stevenson se viese atrapado en sus propios prejuicios, contra los que había luchado largo tiempo, aprendidos de su padre, y necesitase una explicación, una redención y una cura a los conflictos morales que le acarrearon su relación con Fanny Osbourne y la vida que había llevado en su primera juventud. Aquí nos encontramos con un Stevenson que dramatiza su propia lucha interna contra su lado oscuro o, más bien, inmoral en cuanto a los cánones victorianos; un Stevenson que luchó permanentemente contra la rígida educación que, sin embargo, formaba parte de lo más profundo de su ser. Esta lucha no es estática en la obra sino completamente dinámica. En un principio la convivencia entre las dos caras de Jekyll no es traumática sino sólo anecdótica. Pasando el tiempo, esta oposición entre las dos caras del mismo hombre llevará a un durísimo enfrentamiento que terminará con el triunfo del bien, pero a costa de la propia vida. El precio que hay que pagar por intentar separar lo que está unido indisolublemente en la naturaleza humana: el bien y el mal.

Cronología

1850 Nace Robert Louis Stevenson en Edimburgo. Wagner: *Lohengrin.* Tennyson: *In memorian.* Dickens: *David Copperfield.*

1851 Arthur Schopenhauer: *Parerga y Paralipómena.* Herman Melville: *Moby Dick.* E. Gaskell: *Cranford.* Isaac Singer: Máquina de coser. Primera exposición universal.

1852 Dickens: *Casa desolada.* Nace Antonio Gaudí.

1853 Nace Van Gogh.

1854 Muere Schelling (n. 1775). Dickens: *Tiempos difíciles.*

1855 Spencer: *Principios de psicología.*

1856 Nace Menéndez y Pelayo. Karl Fühlrott: descubrimiento del hombre de Neandertal.

1857 Inglaterra entra en guerra con China. Baudelaire: *Las flores del mal.* Flaubert: *Madame Bovary.*

1858 Dickens: *Historia de dos ciudades.*

1859 Darwin: *El origen de las especies.* Marx: *Para una crítica de la economía política.* Stuart Mill: *Sobre la libertad.*

1860 Nace Mahler. Dickens: *Grandes esperanzas.*

1862 Víctor Hugo: *Los miserables*. Nace Debussy.

1864 J. H. Newman: *Apología pro vita sua.*

1865 Lewis Carrol: *Alicia en el país de las maravillas*. Abolición de la esclavitud en EE. UU. Mendel: Leyes de la herencia genética. Wagner: *Tristán e Isolda.* Bernard: *Introducción al estudio de la medicina experimental.* Asesinato de Lincoln. Fin de la Guerra Civil en Norteamérica.

1866 Nace H. G. Wells. Swinburne: *Poemas y baladas*. Fundación del Ku-Klux-Klan.

1867 Marx: *El capital,* vol. 1. Siemens inventa la dinamo, Alfred Nobel, la dinamita, y Monier, el cemento armado. Inglaterra inicia la expedición a Abisinia.

1868 Collins: *La piedra lunar.*

1869 Mendeleiev: sistema periódico de los elementos. Canal de Suez. Tolstoi: *Guerra y paz.*

1870 Grave enfermedad respiratoria de Stevenson. Muerte de Dickens. Concilio Vaticano: infalibilidad del papa. Ardigó: *La psicología como ciencia positiva*. Schliemann encuentra Troya.

1871 *The Charity Bazaar,* primer relato de ficción. Darwin: *El origen del hombre.* G. Eliot: *Middlemarch*. Proclamación de la comuna de París.

1872 Nace Pío Baroja.

1873 Stevenson viaja a la Riviera francesa para intentar recuperarse de su enfermedad. Rimbaud: *Una temporada en el infierno.*

1874 Whistler: *Retrato de Miss Alexander.* Wundt: *Elementos de psicología fisiológica.*

1876 Conoce a Fanny Osbourne en Fontainebleau.

1877 Edison: fonógrafo y micrófono.

1878 *Viaje de tierra adentro.* Edison: lámpara eléctrica.

1879 *Viajes con un burro por las Cevenas.* Sigue a Fanny Osbourne a Estados Unidos y se casa con ella. Ibsen: *Casa de muñecas.* Meredith: *El egoísta.* Pasteur: principio de la vacuna.

1880 Vuelta a Escocia y reconciliación con sus padres. Dostoievski: *Los hermanos Karamazov.*

1881 *Virginibus puerisque.* Comienza a escribir *La isla del tesoro.* Nietzsche: *Aurora.* James: *Retrato de una dama.*

1882 *Estudios familiares de hombres y de libros. Las nuevas noches árabes.* Koch descubre el bacilo de la tuberculosis.

1883 *La isla del tesoro. La casa solitaria.* Nietzsche: *Así habló Zaratustra.* Maxim: invención de la ametralladora. Nace Ortega y Gasset.

1884 Inglaterra: reforma electoral.

1885 Se agrava su enfermedad y pasa dos años en Bournemouth. Zola: *Germinal.* Daimler-Benz: automóvil.

1886 *El extraño caso del Dr. Jekyll y Mr. Hyde.*

1887 Stevenson y su esposa viajan a los Estados Unidos. *Memorias y retratos.* Verdi: *Otelo.*

1888 *La flecha negra.*

1889 *El señor de Ballantrae. La caja equivocada.* Fabricación industrial de la aspirina. Mahler: *Sinfonía Titán.*

1890 *Viajes por los mares del Sur.* Establecimiento en Samoa. James: *Principios de psicología.* Avenarius: *Crítica de la experiencia pura.* Oscar Wilde: *El retrato de Dorian Gray.* Muerte de Van Gogh.

1891 León XIII: *Rerum Novarum.* Descubrimiento del hombre de Java *(Pithecanthropus erectus).*

1892 *La playa de Falesá. La resaca.* Diesel: motor diésel. Conan Doyle: *Las aventuras de Sherlock Holmes.*

1893 *Catriona. El diablo de la botella.* Verdi: *Falstaff.* Fundación del Partido Laborista. Nace Miró.

1894 *La presa de Hermiston.* Muere repentinamente en Apia, Samoa. Estalla el escándalo Dreyfus.

EL EXTRAÑO CASO DEL DR. JEKYLL Y MR. HYDE

CAPÍTULO PRIMERO

La historia de la puerta

El abogado Mr. Utterson era un hombre de semblante rudo al que nunca iluminaba una sonrisa; frío, parco y limitado en palabras; retraído en sentimientos; delgado, alto, polvoriento y lúgubre, y, sin embargo, había algo en él de entrañable. En reuniones de amigos y cuando el vino era de su gusto, algo eminentemente humano brillaba en sus ojos; algo que no transmitía en su charla pero sí en esos símbolos silenciosos del rostro después de una cena e incluso de modo más frecuente y elocuente en los actos de su vida. Era austero consigo mismo, bebía ginebra cuando estaba solo para mortificar su gusto por el buen vino y, aunque le gustaba el teatro, hacía veinte años que no había cruzado las puertas de ninguno. Pero mostraba gran tolerancia hacia los demás; a veces maravillado, casi con envidia, de la alta tensión de los espíritus involucrados en sus fechorías, e inclinándose en caso extremo a ayudar antes que a reprobar. «Me inclino por la herejía de Caín[1] —solía decir afectadamente—. Dejo que mi hermano se vaya al diablo por su propio pie». Con semejante carácter, con frecuencia le cayó en suerte ser la última amistad respetable y la última buena influencia de hombres cuyas vidas iban cuesta abajo. Y cuando estos acudían a su casa jamás mostró ni la más leve sombra de cambio de actitud. Sin duda, esta singular conducta le resultaba fácil de practicar a Mr. Utterson, pues era, en el mejor de los casos, inexpresivo, e incluso sus amistades parecían fundarse en una naturaleza similar. Es marca distintiva del hombre modesto aceptar su

---

[1] Génesis, 4.

círculo de amistades tal como le viene dado por las manos de la oportunidad, y así era costumbre en el abogado.

Sus amigos eran los de su misma sangre o aquellos a quienes conocía desde hacía más tiempo; sus afectos, como la hiedra, crecían con el tiempo y no implicaban la menor aptitud por parte del objeto en el que recaían. De ahí, sin duda, el vínculo que le unía a Mr. Richard Enfield, su pariente lejano, un hombre bien conocido en la ciudad. Era un misterio para muchos qué verían el uno en el otro o qué asunto tendrían en común. Las personas que se encontraban con ellos en sus paseos dominicales aseguraban que no hablaban de nada, que parecían particularmente aburridos y que recibían con evidente alivio la aparición de un amigo. Con todo, los dos hombres concedían la mayor importancia a esas excursiones, las consideraban la joya de cada semana, y no sólo dejaron de lado ocasiones de placer sino que rechazaron llamadas de negocios para no interrumpir su disfrute. Y sucedió que en uno de esos paseos, el camino les condujo a un callejón situado en un concurrido barrio de Londres. La calle era pequeña y más bien tranquila, aunque en los días de diario bullía en ella un agitado comercio. Sus habitantes parecían prósperos y todos competían con la esperanza de ir a más, e invertían los excedentes de sus ganancias en coquetería; de manera que los escaparates de las tiendas a ambos lados de la calle tenían un aire de invitación, como filas de sonrientes vendedoras. Incluso los domingos, cuando velaba sus más floridos encantos y quedaba relativamente vacía al paso, la calle relucía en contraste con su sórdida vecindad, como un fuego en un bosque, y con sus contraventanas recién pintadas, sus bronces bien pulidos, la limpieza y una nota de alegría, cautivaba y complacía al ojo del viandante. Dos puertas más allá de una esquina, a mano izquierda yendo hacia el este, la entrada a un patio quebraba la línea de fachadas, y justo en ese punto proyectaba su alero sobre la calle el siniestro bloque de un edificio. Tenía dos alturas y carecía de ventanas; sólo una puerta en la planta baja y un muro ciego y descolorido en la superior; conservaba en todos sus detalles las marcas de una prolongada y sórdida negligencia. La puerta, desprovista de campanilla y aldaba, estaba picada y desteñida. Los vagabundos se guarecían en su hueco y encendían cerillas en sus paneles; los niños jugaban a las tiendas en sus escalones; el escolar había probado su cortaplumas en las molduras, y durante una generación parecía que nadie se había tomado la molestia de ahuyentar a estos visitantes ocasionales ni de reparar sus destrozos.

Mr. Enfield y el abogado iban por el lado opuesto de la calleja, y al pasar frente a la entrada de la casa, el primero alzó su bastón y, apuntando con él, preguntó:

—¿Se ha fijado alguna vez en esa puerta?

Y cuando su compañero replicó afirmativamente, añadió:

—Mi mente la asocia con una extraña historia.

—¿De veras? —dijo Mr. Utterson, con un leve cambio de voz—. ¿Y de qué se trata?

—Pues así fue como sucedió —contestó Mr. Enfield—: Volvía yo a mi casa desde algún lugar situado al otro extremo del mundo, hacia las tres de una negra madrugada de invierno, y mi camino pasaba por una parte de la ciudad donde no se podía ver literalmente otra cosa que no fueran las farolas. Calle tras calle y todo el mundo dormía; calle tras calle, todas iluminadas como para una procesión y todas tan vacías como una iglesia, hasta que llegó un momento en el que me sobrevino ese estado de ánimo en el que un hombre agudiza el oído y empieza a anhelar la presencia de un policía. De repente vi dos figuras: una era un renqueante hombrecillo que caminaba a buen paso en dirección al este y la otra una niña de unos ocho o diez años que bajaba a todo correr por una bocacalle. Bueno, era natural, señor, que ambas chocaran al llegar a la esquina, y aquí vino la parte horrible de la historia; porque el hombre pasó tranquilamente por encima del cuerpo de la niña, pisoteándolo, y esta quedó tendida en el suelo gritando. Esta escena, contada, no impresiona tanto al oído; pero vista, fue infernal. Aquello no era un hombre, era como un maldito *Juggernaut*[2]. Di unas voces de alarma, eché a correr, agarré a mi hombre por el cuello y le hice regresar a donde ya se había congregado un grupo de personas alrededor de la gimiente niña. Conservó una frialdad absoluta y no opuso la menor resistencia, pero me lanzó una mirada tan siniestra que volví a sudar tanto como en la carrera que acababa de darme. Las personas allí reunidas eran los familiares de la niña; y enseguida hizo acto de presencia el doctor en busca del cual había sido enviada la niña. Bueno, según el matasanos[3], la niña no tenía nada, sólo el susto; en este punto, como bien podrá usted suponer, deberíamos haber llegado al final de la historia, pero aquí intervino una curiosa circunstancia. Yo había sentido aversión hacia mi caballero a primera vista. Que también sintieran así los familiares de la niña era algo natural, pero el caso del doctor me sorprendió. Era un vulgar galeno, de edad y color indefinidos, con un fuerte acento de Edimburgo y no más emotivo que una gaita. Pues bien, señor, parecía sentir lo mismo que el resto de nosotros; cada vez que miraba a mi prisionero, me daba cuenta de que el matasanos se tornaba lívido y enfermo por el deseo de matarle. Yo sabía lo que pasaba por su mente como él sabía lo que cavilaba la mía, y como no era cuestión de matarle, hicimos lo mejor que estuvo en nuestras manos. Le dijimos a aquel hombre que le íbamos a montar tal escándalo que la fetidez de su nombre invadiría Londres de un extremo a otro de la ciudad, y que si tenía amigos o crédito nos encargaríamos de que los perdiera. Y mientras le increpábamos con furia teníamos que mantener a raya a las mujeres que arremetían continuamente contra él como arpías. Nunca había visto un círculo de rostros tan rebosantes de odio; y allí estaba el hombre, en medio de todo aquel alboroto, con una especie de sombría y desdeñosa frialdad, también asustado, como pude percibir, pero aguantándolo todo como un verdadero Satanás. «Si se han propuesto sacar dinero de este accidente —dijo—,

---

[2] Un título de la deidad Krishna. Una imagen de esta diosa fue sacada por las calles de Puri (Orissa), en una enorme carreta, bajo cuyas ruedas algunos devotos se tiraron y perecieron.

[3] En inglés *Sawbones,* término popular que significa cirujano; generalmente, un doctor.

naturalmente estoy a su disposición. Lo que desea cualquier caballero es evitar una escena —y añadió—: Díganme la cantidad». Le presionamos hasta sacarle cien libras para la familia de la niña; está claro que le hubiera gustado librarse de aquello, pero se respiraba un aire de amenaza en todos los que le rodeábamos y finalmente cedió. El siguiente paso era obtener el dinero, y entonces, ¿adónde cree usted que nos llevó?: pues a la casa de la puerta. Sacó una llave, se introdujo en ella y volvió al punto con una cantidad de diez libras en monedas de oro y un cheque al portador de la banca Coutts[4] firmado con un nombre que no puedo mencionar, aunque sea este uno de los puntos más llamativos de la historia; pero era un nombre muy conocido, de los que salen a menudo en los periódicos. La cifra era elevada; pero la firma, de ser auténtica, garantizaba aquello y más. Me tomé la libertad de advertir al caballero que el asunto parecía fraudulento y que no es nada corriente que un hombre se meta a las cuatro de la madrugada en una casa por la puerta de la bodega y salga con un cheque de casi cien libras firmado por otra persona; mas él no perdió la calma e hizo un gesto de desdén. «Tranquilícese —dijo—, me quedaré con ustedes hasta que abran los bancos y yo mismo haré efectivo el cheque». Así que nos fuimos de allí todos: el doctor, el padre de la niña, nuestro amigo y yo mismo; pasamos el resto de la noche en mi casa, y al día siguiente, después de desayunar, nos dirigimos al banco en comandita. Yo mismo presenté el cheque en caja diciendo que tenía buenas razones para pensar que era falso. Nada de eso. El cheque era auténtico.

—Vaya, vaya —dijo Mr. Utterson.

—Veo que le asombra tanto como a mí —repuso Mr. Enfield—. Sí, es una fea historia, porque el hombre era un tipo con el que nadie querría tratar; un sujeto verdaderamente detestable, y la persona que extendió el talón era la flor y nata de la honorabilidad, muy conocida y (lo que es peor) uno de esos tipos que hacen lo que ellos dicen que es el bien. Chantaje,

[4] Establecimiento bancario de Londres.

supongo; un hombre honrado al que se le hace pagar muy caro algún tropiezo de juventud. Por eso llamo yo a ese edificio de la puerta la «Casa del Chantaje». Aunque, como ve, todo esto no llega a ser una explicación satisfactoria.

Tras pronunciar estas palabras quedó sumido en sus pensamientos, de los cuales le sacó Mr. Utterson al preguntarle de repente:

—¿Y no sabe usted si vive ahí quien firmó ese cheque?

—Vaya lugar para una persona tan importante, ¿no cree? —repuso Mr. Enfield—. Pero me enteré de su dirección; vive en alguna plaza de por aquí.

—¿Y nunca le ha preguntado usted a nadie acerca de la casa de la puerta? —continuó Mr. Utterson.

—No, señor; me hubiera parecido poco delicado hacerlo. Soy muy reacio a hacer preguntas; me recuerda demasiado al día del juicio. Si haces una pregunta es como si lanzaras una piedra. Tú te quedas tan tranquilo en la cima de la colina, pero la piedra que has lanzado sigue su camino, arrastrando a otras, y de repente le golpea en la cabeza a un pobre infeliz (en el que menos hubieras pensado) que estaba en el jardín trasero de su casa, y la familia tiene que cambiar de nombre. No señor, una de mis normas de conducta es que cuanto más se parece a *Queer Street*[5] menos pregunto.

—Esa es una buena norma —dijo el abogado.

—Pero he examinado ese lugar por mi cuenta —continuó Mr. Enfield—. Apenas si parece una casa. No hay ninguna otra puerta y nadie entra ni sale de ella, salvo, muy de cuando en cuando, el caballero de mi aventura. Hay tres ventanas mirando al patio en el primer piso y ninguna en el bajo; las ventanas están siempre cerradas, aunque limpias. Y hay también una chimenea, que por lo general echa humo; así que alguien tiene que vivir ahí. Pero ni siquiera eso es seguro, porque los edificios están tan apiñados en torno al patio que es difícil decir dónde termina uno y dónde empieza el otro.

---

[5] Calle imaginaria donde reside gente con dificultades de todo tipo.

Los dos siguieron caminando en silencio, y entonces dijo Mr. Utterson:

—Está bien esa norma suya, Enfield.

—Así lo creo.

—Sin embargo —continuó el abogado—, hay algo que quiero preguntarle: ¿Cómo se llama el hombre que atropelló a la niña?

—Bueno —dijo Mr. Enfield— no creo que con esto pueda perjudicar a nadie. Ese hombre se llamaba Hyde.

—¡Hum! —murmuró Mr. Utterson—. ¿Qué aspecto tiene?

—No es fácil de describir. Hay algo anormal en su aspecto; algo desagradable, francamente detestable. Nunca vi un hombre que me disgustara tanto y no sé decir por qué. Debe tener alguna deformidad, esa es la impresión que da, aunque no puedo especificar cuál. Es un tipo de aspecto extraordinario y, sin embargo, me sería imposible mencionar algo que se salga de lo común. No, señor, no sé qué decir; no puedo describirlo. Y no es por falta de memoria, pues es como si le estuviera viendo ahora mismo.

Mr. Utterson continuó caminando un trecho en silencio, obviamente bajo el peso de una reflexión.

—¿Está usted seguro de que utilizó una llave? —preguntó por fin.

—Mi querido señor... —comenzó a decir Enfield sorprendido.

—Sí, lo sé —dijo Utterson—; sé que tiene que parecerle extraño. El hecho es que si no le pregunto el nombre de la otra persona es porque ya lo conozco. Como ve, Richard, ha dado en el clavo con su historia. Si ha sido inexacto en algún punto, sería mejor que rectificara.

—Creo que debería habérmelo advertido —contestó el otro ligeramente molesto—, pero he sido, como usted dice, exacto hasta la pedantería. Ese tipo tenía una llave y, es más, todavía la tiene. No hace ni una semana que le vi utilizándola.

Mr. Utterson suspiró profundamente, mas no dijo una sola palabra; pronto el joven volvió a hablar.

—No sé cuándo voy a aprender a callarme la boca —dijo—. Me avergüenzo de haber hablado más de la cuenta. Hagamos un trato y no volvamos a hablar de este asunto.

—Accedo de todo corazón —dijo el abogado—. Trato hecho, Richard.

CAPÍTULO II

En busca de Mr. Hyde

Aquella noche Mr. Utterson regresó a su casa de soltero con espíritu sombrío y se sentó a cenar sin apetito. Los domingos tenía por costumbre, después de cenar, acomodarse junto al fuego con un volumen de árida teología en su atril, hasta que sonaban las doce en el reloj de la iglesia vecina, hora en la que se iba a la cama, sereno y agradecido. Esa noche, sin embargo, tan pronto se levantó el mantel, tomó una vela y se dirigió a su despacho. Allí abrió su caja fuerte y extrajo del lugar más recóndito de la misma un documento en el que se leía «Testamento del Dr. Jekyll», y se sentó con el ceño fruncido a estudiar su contenido. El testamento era ológrafo, pues a pesar de haber aceptado hacerse cargo de él una vez concluido, el señor Utterson se había negado terminantemente a prestar la más mínima ayuda en su redacción. Tal documento, no sólo estipulaba que en caso de fallecimiento de Henry Jekyll, M. D., D. CL., LL. D., F. R. S.[6], etcétera, todas sus posesiones pasarían a manos de su «amigo y benefactor Edward Hyde», sino que en caso de «desaparición o ausencia inexplicable del Dr. Jekyll por un período superior a tres meses» el susodicho Edward Hyde pasaría a ocupar el lugar de Henry Jekyll, sin más dilación y libre de toda carga, exceptuando el pago de módicas sumas a los miembros del servicio doméstico del doctor.

Hacía mucho tiempo que este testamento se había convertido en una pesadilla para Mr. Utterson. No sólo le ofendía como

---

[6] Doctor en Medicina, doctor en Derecho Civil, doctor en Derecho, miembro de la Real Sociedad.

abogado, también como amante de todo lo cuerdo y de las buenas costumbres, para quien la extravagancia era inmodestia. Hasta entonces había sido su desconocimiento de Mr. Hyde lo que le incomodaba; ahora, por un súbito giro del destino, era lo que sabía de él lo que le indignaba. Ya era malo que aquel personaje no constituyese más que un nombre, que nada podía decirle; mas peor resultaba ahora que tal nombre empezaba a revestirse de detestables atributos. Y sobre el insustancial y movedizo fondo de bruma que había velado sus ojos por tanto tiempo, empezó a dibujarse el súbito y definido presentimiento de que se trataba de un ser diabólico.

—Creí que era una locura —dijo al restituir el odioso documento a su lugar en la caja fuerte— y ahora empiezo a temer que sea una desgracia.

Después de esto, apagó la vela de un soplo, se puso el abrigo y se dirigió a la plaza de Cavendish, reducto de la medicina, donde su amigo el eminente doctor Lanyon tenía su casa y recibía a sus numerosos pacientes. «Si alguien sabe algo de este asunto, tiene que ser el doctor Lanyon», pensó.

El solemne mayordomo le conocía y le dio la bienvenida; sin tener que esperar, fue conducido directamente al comedor, donde sentado a la mesa, sólo y paladeando su vino, estaba el doctor Lanyon. Era un caballero cordial, saludable, vivaz y de semblante rubicundo, con un mechón de cabello prematuramente blanco y modales decididos y rimbombantes. Al ver a Mr. Utterson, saltó de su asiento y le dio la bienvenida con ambas manos. La cordialidad de aquel hombre resultaba un tanto teatral a la vista, pero se basaba en un sentimiento sincero, porque los dos caballeros eran viejos amigos, antiguos compañeros de colegio y de universidad, profundamente respetuosos cada uno de sí mismo y del otro, y, lo que no es siempre consecuencia de lo anterior, ambos disfrutaban de su mutua compañía.

Después de intercambiar unas frases, el abogado encaminó la charla hacia el tema que tan desagradablemente le tenía preocupado.

—Supongo, Lanyon —dijo—, que tú y yo debemos ser los más viejos amigos de Henry Jekyll.

—Ojalá esos amigos fueran más jóvenes —rio el doctor Lanyon—. Pero supongo que así es. ¿Y qué es de él? Últimamente le veo poco.

—¿De veras? —dijo Utterson—. Pensé que os unían intereses comunes.

—Y así era —respondió—. Pero hace más de diez años que Henry Jekyll se ha tornado demasiado extravagante para mí. Empezó a ir mal y a desquiciarse mentalmente; y aunque, por supuesto, continúo teniendo interés en él, en honor a los viejos tiempos, le veo y le he visto muy raramente. Todos esos disparates nada científicos —añadió el doctor poniéndose súbitamente de color púrpura— habrían enemistado a Damon y Pitias[7].

Esta pequeña explosión temperamental le trajo algún alivio a Mr. Utterson. «Discrepan solamente en una cuestión científica», se dijo. Y no siendo un hombre apasionado por la ciencia (exceptuando la de redactar escrituras), llegó incluso a añadir:

—¡Si no es nada peor que eso...!

Dio a su amigo unos segundos para recobrar la compostura, y luego abordó la pregunta que había venido a formular.

—¿Conoces a un protegido suyo, un tal Hyde? —preguntó.

—Hyde —repitió Lanyon—. No. Nunca he oído hablar de él. En toda mi vida.

Esa fue toda la información que traía consigo el abogado al introducirse en su enorme y oscuro lecho, en el que no paró de dar vueltas hasta que las horas del amanecer dieron paso a las del día. Fue una noche de poco descanso para su torturado cerebro, que trabajó sin tregua, debatiéndose en la oscuridad.

Dieron las seis en las campanas de la iglesia tan cómodamente cercana a su casa y Mr. Utterson seguía enfrascado en el problema. Hasta entonces sólo le había afectado desde el lado intelectual; pero ahora su imaginación también estaba involu-

---

[7] Amigos inseparables. Pitias es una deformación común del nombre Phintias.

crada, o mejor dicho esclavizada, y mientras yacía en el lecho y se agitaba en la densa oscuridad de la noche y del cortinaje de la habitación, el relato de Mr. Enfield se desplegaba ante su mente como una sucesión ininterrumpida de figuras luminosas. Venían a su mente, primero, el amplio paisaje de faroles encendidos de una ciudad en plena noche; después, la figura de un hombre que caminaba a buen paso; luego, la de una niña que corría regresando de casa del doctor, y después ambos se encontraban y aquel *Juggernaut* humano atropellaba a la niña y pasaba por encima sin preocuparse por sus gritos. O, alternativamente, veía el dormitorio de una lujosa mansión donde su amigo yacía dormido, soñando y sonriendo en sus sueños, y entonces se abría la puerta de aquel dormitorio, alguien descorría las cortinas del lecho, despertaba al durmiente y... ¡ahí estaba a su lado una figura en pie que tenía el poder de levantarle de la cama incluso a tan altas horas de la noche y forzarle a obedecer sus mandatos! En una y otra secuencia, aquella figura persiguió como un fantasma al abogado durante toda la noche, y si alguna vez le vencía el sueño era para verla deslizarse furtivamente en el interior de casas dormidas, o para verla moverse con rapidez cada vez mayor, rayana en el vértigo, a través de los inmensos laberintos de la ciudad iluminada por farolas y atropellar en cada esquina a una niña que dejaba gritando. Pero la figura no tenía rostro que le permitiera reconocerla; ni siquiera en sus sueños lo tenía o, si lo tenía, se desvanecía ante sus ojos; y así fue como surgió y creció con presteza en la mente del abogado una curiosidad singularmente intensa, casi desordenada, de contemplar los rasgos del verdadero Mr. Hyde. Si pudiera verle, aunque fuera una vez, el misterio se aclararía y tal vez se disipara por entero, como suele suceder con las cosas misteriosas cuando se las examina con detalle. Podría encontrar alguna razón que explicase la extraña preferencia o servidumbre (llámeselas como se quiera) de su amigo, e incluso de las sorprendentes cláusulas del testamento. Y al menos sería un rostro que valdría la pena ver; el rostro de un hombre sin entrañas; un rostro que sólo con mostrarse había hecho surgir un permanente sentimiento de odio en la mente del nada impresionable Enfield.

Desde aquel día, Mr. Utterson comenzó a rondar la puerta de la callejuela de las tiendas. Por las mañanas, antes de acudir a su despacho; a mediodía, cuando el negocio era intenso y el tiempo escaso; por la noche, bajo la brumosa cara de la luna de la ciudad; bajo cualquier luz y a cualquier hora, solitaria o concurrida, podía encontrarse al abogado en el puesto de observación que había elegido.

«Si él es el Señor Que Se Oculta —pensó—, yo seré el Señor Que Busca».

Y por fin su paciencia se vio recompensada. Era una noche clara y seca, con hielo en el aire, y las calles tan limpias como el suelo de un salón de baile; las llamas de las farolas, inmóviles por la falta de viento, dibujaban una trama regular de luz y sombra. Sobre las diez, cuando las tiendas estaban cerradas, la callejuela estaba solitaria y silenciosa, a pesar del sordo rumor que llegaba de todos los puntos de Londres. Los pequeños sonidos se podían percibir desde lejos; los ruidos del interior de las casas, desde ambos lados de la calle, y cuando algún transeúnte se aproximaba, el rumor de sus pasos le precedía con mucha antelación. Mr. Utterson llevaba algunos minutos en su puesto cuando oyó unos pasos ligeros y extraños que se acercaban. Hacía bastante tiempo que, en el curso de sus rondas nocturnas, se había acostumbrado al curioso efecto que producen los pasos de una sola persona aún distante, pero cuyo sonido destaca súbitamente del vasto y estrepitoso rumor de la ciudad. Sin embargo, nunca su atención se había visto atraída tan vívida y decisivamente; y embargado por un intenso y supersticioso presentimiento de triunfo, se ocultó en la entrada del patio.

Los pasos se aproximaban rápidamente, y al doblar la esquina de la calle resonaron de pronto mucho más fuerte. El abogado pudo ver enseguida, vigilando desde la entrada del patio, con qué tipo de hombre tendría que vérselas. Era pequeño y vestía muy sencillamente, y su aspecto, incluso a aquella distancia, suscitaba una intensa aversión en el observador. Se dirigió

directamente hacia la puerta, cruzando la calzada para ganar tiempo, y mientras caminaba sacó una llave del bolsillo, como alguien que se acerca a su casa.

En el momento en el que pasaba junto a él, Mr. Utterson dio un paso adelante y le tocó el hombro.

—Mr. Hyde, supongo.

Mr. Hyde retrocedió y aspiró con un siseo una bocanada de aire. Pero su temor fue sólo momentáneo, y aunque no miró al abogado a la cara, contestó con frialdad:

—Ese es mi nombre. ¿Qué quiere?

—He visto que iba a entrar —contestó el abogado—. Soy un amigo del doctor Jekyll, Mr. Utterson de Caunt Street, y usted debe haber oído mi nombre; al tener la oportunidad de encontrarle, espero que me deje entrar con usted.

—No encontrará al doctor Jekyll; está fuera de casa —replicó Mr. Hyde, introduciendo la llave en la cerradura; luego, súbitamente, pero todavía sin mirarle, le preguntó—: ¿Cómo me ha conocido?

—¿Querría usted, por su parte —dijo Mr. Utterson—, hacerme un favor?

—Con mucho gusto —replicó el otro—. ¿De qué se trata?

—¿Me permite ver su rostro? —preguntó el abogado.

Mr. Hyde pareció dudar; luego, como por una repentina decisión, le afrontó con un gesto de desafío y los dos hombres se observaron fijamente por unos segundos.

—Ahora podré reconocerle —dijo Mr. Utterson—. Puede ser útil.

—Sí —contestó Mr. Hyde—, está bien que nos hayamos encontrado; a propósito, aquí tiene usted mi dirección —y le dio un número de una calle en el Soho.

«¡Santo Dios! —dijo Mr. Utterson para sus adentros—. ¿También él puede haber pensado en el testamento?». Pero se guardó sus sentimientos y se limitó a mascullar su agradecimiento por la dirección.

—Y ahora —dijo el otro—, ¿cómo me reconoció?

—Por su descripción —fue la réplica.

—¿Quién me describió?

—Tenemos amigos comunes —dijo Mr. Utterson.

—¿Amigos comunes? —repitió Mr. Hyde con cierta aspereza—. ¿Quiénes son?

—Jekyll, por ejemplo —dijo el abogado.

—¡Él no le ha hablado nunca de mí! —gritó Mr. Hyde en un acceso de ira—. No creía que fuese usted a mentir.

—Vamos, vamos —dijo Mr. Utterson—. Ese no es un lenguaje adecuado.

El otro gruñó ruidosamente y estalló en una salvaje carcajada; al instante, con extraordinaria rapidez, había abierto la puerta y desaparecido en el interior de la casa.

Cuando Mr. Hyde le dejó, el abogado permaneció allí un rato, como la propia imagen de la inquietud. Luego empezó a remontar lentamente la calle, deteniéndose a cada paso y llevándose la mano a la frente como un hombre presa de perplejidad mental. El problema con el que se debatía mientras caminaba era de esos que difícilmente se llegan a resolver. Mr. Hyde era pálido y diminuto; daba impresión de una deformidad sin que se le pudiera señalar ninguna. Se había comportado con el abogado con una especie de mezcla criminal de timidez y audacia, y hablaba con una voz ronca, susurrante, entrecortada; todos estos rasgos eran desfavorables, pero aun así no explicaba el grado, hasta entonces nunca experimentado, de disgusto, repugnancia y temor que había despertado en Mr. Utterson.

—Tiene que haber algo más —decía el perplejo caballero—. *Hay* algo más, si pudiera encontrar un nombre que lo expresara. ¡Dios me ampare, este hombre apenas parece humano! ¿Podemos decir que hay algo en él de troglodita? ¿O puede tratarse de la vieja historia del doctor Fell?[8] ¿O es la mera irradiación de un alma demente que así transpira por entero y transfigura

[8] Deán de la Iglesia de Cristo (Oxford, 1625-1686), pero aquí en el sentido coloquial de una persona poco amable, según la traducción de los *Epigramas* de Marcial:

«No me gustas Dr. Fell,
la razón no la sé bien;
lo que sé, y sé muy bien,
es que no me gustas, Dr. Fell».

su envoltura carnal? Yo diría que es esto último, porque... ¡oh, mi pobre y viejo amigo doctor Jekyll, si alguna vez he leído la firma de Satanás en un rostro, es en el de tu nuevo amigo!

Al doblar la esquina saliendo de la callejuela, había una plaza franqueada de casas antiguas y hermosas que habían perdido su antiguo esplendor; estaban alquiladas por pisos y habitaciones a gentes de toda clase y condición: grabadores de mapas, arquitectos, abogados de ética dudosa y agentes de turbias empresas. Una de ellas, sin embargo, la segunda a partir de la esquina, continuaba teniendo un solo ocupante, y a la puerta de esta casa, que dejaba traslucir un claro aire de riqueza y confort, aunque sumida ahora en la oscuridad a excepción del resplandor que se filtraba por el montante, se detuvo Mr. Utterson haciendo sonar la aldaba. Un anciano mayordomo bien vestido abrió la puerta.

—¿Está el doctor Jekyll en casa, Poole? —preguntó el abogado.

—Voy a ver, Mr. Utterson —respondió Poole, haciendo pasar al visitante a un amplio y confortable vestíbulo, de techo bajo y pavimento de losas, caldeado (a la usanza de las casas de campo) por el fuego brillante de una amplia chimenea y decorado con lujosos armarios de roble—. ¿Quiere usted esperar junto al fuego, señor? ¿O prefiere que le encienda una luz en el comedor?

—Aquí, gracias —dijo el abogado.

Se acercó a la chimenea y se apoyó en el alto guardafuegos. Este vestíbulo donde ahora se encontraba era el capricho de su amigo el doctor, y el mismo Utterson no habría dudado en describirlo como la estancia más confortable de todo Londres. Pero esa noche, un cierto escalofrío corría por sus venas; el rostro de Hyde no se apartaba de su memoria; un sentimiento de náusea y de disgusto por la vida (cosa rara en él) invadía su espíritu, y su deprimido ánimo intuía amenazas en los vivaces reflejos del fuego sobre las pulidas superficies de los muebles y en los inquietantes cambios de luces y de sombras que danzaban en el techo. Se sintió avergonzado de su alivio cuando Poole entró en la habitación para decirle que el doctor Jekyll había salido.

—He visto a Mr. Hyde entrar por la puerta de la antigua sala de disección, Poole —dijo Mr. Utterson—. ¿Es eso normal cuando el doctor Jekyll no está en casa?

—Completamente, Mr. Utterson —replicó el sirviente—. Mr. Hyde tiene una llave.

—Su señor parece tener gran confianza en ese joven, Poole —dijo meditabundo el abogado.

—Sí, señor, así es —respondió Poole—. Todos nosotros tenemos órdenes de obedecerle.

—No recuerdo haber visto nunca a Mr. Hyde por aquí —dijo Utterson.

—¡Oh, no, señor! Él nunca *cena* aquí —replicó el mayordomo—. De hecho le vemos muy poco en esta parte de la casa; suele entrar y salir por el laboratorio.

—Bien; buenas noches, Poole.

—Buenas noches, Mr. Utterson.

El abogado se dirigió a su casa con el corazón apesadumbrado. «¡Pobre Harry Jekyll! —pensaba—. Mi instinto me dice que se debate en aguas profundas. Cuando joven era turbulento; ha pasado mucho tiempo desde entonces, es cierto, pero la ley de Dios no admite plazos. ¡Ah! Debe tratarse de eso; el fantasma de algún viejo pecado, el cáncer de alguna vergüenza oculta, el castigo que llega *pede claudo*[9] años después de que la memoria y la propia estima han olvidado y perdonado la falta».

Asustado por este pensamiento, comenzó a resucitar su propio pasado, indagando en todos los rincones de su memoria en busca de alguna antigua iniquidad que como un resorte pudiera salir de repente a la luz. Su pasado era intachable; pocos hombres podrían exhibir la historia de su vida con menos aprensión; sin embargo, se sintió enormemente humillado por las malas acciones que había cometido, y orgulloso y profundamente agradecido a continuación por tantas que había estado a punto

---

[9] Con paso tambaleante. *(N. del T.)*

de cometer pero que había evitado. Y entonces, retornando a su antiguo tema, concibió un rayo de esperanza: «Este señor Hyde... si se le investigara —se dijo Utterson—... tiene que esconder ciertos secretos: secretos horribles, a juzgar por su apariencia; secretos con cuya comparación los peores del pobre Jekyll serían como rayos de sol. Las cosas no pueden continuar como están. Me dan escalofríos con sólo pensar en esa criatura deslizándose como un ladrón junto a la cama de Harry. Pobre Harry, ¡qué horrible despertar! ¡Y qué peligro está corriendo! Porque si ese tal Hyde sospecha la existencia del testamento, puede impacientarse por obtener la herencia. ¡Debo hacer algo inmediatamente...!, si Jekyll me lo permite. Eso es, si es que Jekyll me lo permite».

Una vez más desfilaron ante su mente, con la nitidez de una transparencia, todas las cláusulas del testamento.

CAPÍTULO III

El doctor Jekyll estaba bien

Un par de semanas más tarde, por un golpe de suerte, el doctor ofreció una de sus gratas veladas a cinco o seis viejos amigos, todos ellos hombres inteligentes, de alta reputación y catadores expertos del buen vino, y Mr. Utterson se las ingenió para quedarse cuando los demás se hubieron retirado. Esto no era nada nuevo, sino algo que había ocurrido muchas veces. Donde se apreciaba a Utterson, se le apreciaba bien. A los anfitriones les agradaba retener al adusto abogado cuando los comensales más frívolos y ligeros de lengua habían cruzado ya el umbral; les gustaba sentarse un rato y disfrutar de su discreta compañía, practicando la soledad, sosegando sus mentes con el expresivo silencio de aquel hombre, tras el dispendio y la tensión de la jovialidad. El doctor Jekyll no era una excepción a esta regla, y cuando se sentó al otro lado de la chimenea —un hombre de unos cincuenta años, fornido, bien conformado, de rostro terso, quizá con cierto aire de astucia, pero rebosante de inteligencia y bondad—, se podía ver por sus ademanes que le profesaba a Mr. Utterson un afecto cálido y sincero.

—Quería hablar contigo, Jekyll —comenzó este último—. ¿Recuerdas tu testamento?

Un observador perspicaz podría haber entendido que el tema no era del agrado del doctor, pero este intervino alegremente.

—Mi pobre Utterson —dijo—. No has sido afortunado en tener un cliente como yo. Jamás vi a un hombre tan disgustado como tú ante mi testamento, exceptuando a ese fanático pedante de Lanyon ante lo que llamó mis herejías científicas. ¡Oh! Ya sé que es un buen tipo (no hace falta que frunzas el ceño), un compañero excelente, y siempre quisiera verle más; con todo, es un pedante, un pedante fanático, ignorante y vociferador. Ningún hombre me ha decepcionado tanto como Lanyon.

—Sabes que nunca lo aprobé —repuso Utterson, haciendo caso omiso del nuevo tema.

—¿Mi testamento? Sí, por supuesto que lo sé —dijo el doctor, con leve tono de apatía—. Ya me lo dijiste.

—Pues te lo volveré a decir —continuó el abogado—. He averiguado algo concerniente al joven Hyde.

El ancho y hermoso rostro del doctor Jekyll palideció hasta los labios y una negrura le oscureció los ojos.

—No quiero escuchar nada más —dijo—. Creí que estábamos de acuerdo en no volver a hablar del asunto.

—Lo que oí era abominable —contestó Utterson.

—Eso no puede cambiar nada. Tú no comprendes mi posición —replicó el doctor, con una cierta incoherencia de modales—. Estoy en una situación penosa, Utterson; una situación muy extraña..., sumamente extraña. Es uno de esos asuntos que no se pueden arreglar con palabras.

—Jekyll —dijo Utterson—, tú me conoces: soy un hombre en quien se puede confiar. Descarga tu pecho haciéndome partícipe del asunto; estoy seguro de que podré sacarte del aprieto.

—Mi buen Utterson —repuso el doctor—, esto es muy generoso, tremendamente generoso de tu parte, y no encuentro palabras para agradecértelo. Te creo sin la menor reserva, y confiaría en ti antes que en ningún otro hombre en el mundo, antes, ¡ay!, que en mí mismo, si pudiese elegir; pero te aseguro que no es lo que imaginas, no es una cosa tan mala y, sólo para tranquilizar tu buen corazón, te diré lo siguiente: en el momento en que yo quiera, puedo librarme de Mr. Hyde. Cuenta con mi palabra; vuelvo a reiterar mi agradecimiento, una y mil veces, y sólo añadiré, Utterson, estas palabras que estoy seguro sabrás entender: esta es una cuestión privada y te ruego que la dejes estar.

Utterson reflexionó un instante, mirando al fuego.

—No me cabe duda de que tienes toda la razón —dijo finalmente mientras se incorporaba.

—Bien, puesto que hemos tocado este asunto, y espero que por última vez —continuó el doctor—, me gustaría que entendieras una cosa. Tengo realmente gran interés por el pobre Hyde. Sé que le has visto, él me lo contó, y me temo que fuese un poco grosero contigo. Pero, sinceramente, siento gran interés por ese joven y, si desaparezco, Utterson, quiero que me prometas ser tolerante con él y hacerle valer sus derechos. Creo que querrías hacerlo si lo supieras todo, y descargarías un gran peso de mi alma si lo prometieras.

—No puedo pretender que ese sujeto llegue nunca a gustarme —dijo el abogado.

—No te pido eso —suplicó Jekyll, posando su mano en el brazo del otro—, únicamente quiero justicia; sólo te pido, por mí, que le ayudes cuando yo no esté.

Utterson exhaló un irreprimible suspiro.

—Bien —dijo—, lo prometo.

CAPÍTULO IV

El caso del asesinato de Carew

Casi un año más tarde, en el mes de octubre de 18..., Londres se vio sacudida por un crimen de singular ferocidad que despertó enorme interés por la elevada posición de la víctima. Los detalles del caso eran pocos y sorprendentes. Una criada que vivía sola en una casa cercana al río había subido al piso superior para acostarse hacia las once de la noche. Aunque una niebla espesa había envuelto la ciudad durante el crepúsculo, la primera parte de la noche transcurrió despejada, y el callejón, al que se abría la ventana de la muchacha, aparecía bien iluminado por la luz de la luna llena. Parece que la chica tenía inclinaciones románticas, pues se sentó sobre su baúl, justo debajo de la ventana, y se dejó llevar por vagas ensoñaciones. Nunca —solía decir entre lágrimas cuando más tarde narraba aquella experiencia— se había sentido más en paz con los hombres ni percibido más intensamente la dulzura del mundo. Y mientras estaba allí sentada se dio cuenta de que un anciano y hermoso caballero de blancos cabellos pasaba por la calleja, y de que otro hombre de muy corta estatura, al que al principio no prestó mucha atención, avanzaba hacia él en el sentido opuesto. Cuando se encontraron frente a frente, justo bajo la ventana de la chica, el anciano se inclinó y se dirigió hacia el otro con exquisita educación. No parecía que lo que hablaban fuera de mucha importancia; más bien, y a juzgar por las varias ocasiones en las que señaló en una u otra dirección, se diría que el anciano estaba pidiendo al otro que le orientara en su camino. La luna iluminaba su rostro mientras hablaba, y la chica se recreaba contemplando el aire de inocencia y caballerosidad a la vieja usanza que se desprendía de aquellos rasgos, el sentimiento de nobleza y de satisfacción que irradiaba su persona. Fijó luego su mirada en el otro hombre y se sorprendió al reconocer en él a aquel Mr. Hyde que una vez visitara a su amo inspirando en ella un sentimiento profundo de aversión. Este hombre llevaba un pesado bastón, con el que jugueteaba nerviosamente; no se dignaba contestar una sola palabra y parecía escuchar con una impaciencia apenas contenida. De repente, estallando en un ataque de cólera, comenzó a patear el suelo, a blandir su bastón y a comportarse —según lo describió la doncella— como un verdadero demente. El anciano caballero, sorprendido y molesto, retrocedió un paso, y en ese momento Mr. Hyde perdió los estribos y le apaleó, derribándole contra el suelo. Instantes después, con rabia de simio salvaje, saltaba sobre su víctima, le pisoteaba y molía a palos con tanta violencia que el crujir de sus huesos podía oírse desde lo alto de la ventana, mientras su magullado cuerpo rebotaba una y otra vez en la calzada. Ante el horror de lo que estaba viendo y oyendo, la muchacha se desmayó.

Eran las dos de la mañana cuando volvió en sí y llamó a la policía. El asesino había desaparecido hacía tiempo; pero la víctima yacía allí, en medio de la calleja, increíblemente destrozada. El bastón que le había causado la muerte, aunque de madera poco común, dura y pesada, se había partido en dos bajo la fuerza de aquella insensata crueldad, y una de sus mitades, astillada, había rodado hasta una alcantarilla cercana; la otra se la debió llevar el propio asesino. La víctima conservaba un monedero y un reloj de oro; pero ninguna tarjeta o documento, excepto un sobre cerrado y franqueado que probablemente iba a echar al correo y que llevaba escrito el nombre y la dirección de Mr. Utterson.

El sobre fue llevado al abogado a la mañana siguiente, cuando aún no se había levantado. En cuanto lo vio y fue informado del caso, Mr. Utterson dijo en tono solemne:

—No diré una sola palabra hasta que no haya visto el cadáver; esto puede ser muy serio. Tengan la bondad de esperar mientras me visto.

Con la misma gravedad desayunó a toda prisa y se dirigió a la comisaría, a donde había sido trasladado el cuerpo de la víctima. Apenas entró en la sala, asintió con la cabeza y dijo:

—Sí, reconozco a esta persona. Lamento decir que se trata de sir Danvers Carew.

—¡Dios santo, señor! —exclamó el oficial—. ¿Será posible? —al momento sus ojos se iluminaron con un destello de ambición profesional—. Esto provocará mucho ruido. Quizá usted pueda ayudarnos a encontrar al hombre.

Contó brevemente lo que la muchacha había visto y le enseñó el trozo de bastón.

Mr. Utterson había sentido ya un escalofrío cuando oyó mencionar el nombre de Hyde, pero cuando vio el bastón ante él, ya no tuvo la menor duda: roto y astillado como estaba, lo reconoció como el bastón que él mismo había regalado años atrás a Henry Jekyll.

—¿Es Mr. Hyde una persona de pequeña estatura? —preguntó.

—De talla singularmente pequeña y de aspecto singularmente malvado; así es como le describe la chica —respondió el oficial.

Mr. Utterson se quedó pensativo y luego, levantando la cabeza, dijo:

—Si sube usted a mi carruaje, creo que puedo llevarle hasta la casa de Hyde.

Serían por entonces alrededor de las nueve de la mañana y las primeras nieblas de la estación cubrían la ciudad. Un gran velo de color chocolate bajaba del cielo, pero el viento soplaba continuamente arremolinando y dispersando aquellos vapores concentrados, de manera que mientras el carruaje se deslizaba calle tras calle, Mr. Utterson asistió a la fantástica sucesión de matices y tonalidades que la difusa luz iba dibujando: aquí, una oscuridad de noche cerrada; más allá, una luminosidad intensa y brillante, como el reflejo de un violento incendio, y aquí, de nuevo, la niebla desgarrada daba paso a la pálida luz del día que como un dardo se colaba por un instante entre sus destrozados jirones. El sombrío barrio de Soho, visto a través de estos cambiantes destellos, con sus fangosas calles, sus sucios transeúntes y sus farolas sin apagar, o vueltas a encender para combatir esa matutina reinvasión de la oscuridad, parecía a los ojos del abogado como el barrio de alguna ciudad de pesadilla. Sus pensamientos tampoco eran menos lúgubres; y cuando miró a su compañero de viaje, sintió ese toque de terror ante la ley y la policía que asalta a veces hasta al más honrado.

Cuando el carruaje se detuvo ante la casa, la niebla se había disipado un poco y mostró al abogado una calle sucia, una taberna, una mugrienta casa de comidas francesa, una tienducha de venta de novelas baratas[10] y de ensaladas a dos peniques, muchos niños harapientos acurrucados en los quicios de las puertas y mujeres de diferentes nacionalidades, que se encaminaban, llave en mano, a tomar su primer trago de la mañana, y al instante la niebla volvió a invadir el escenario con un manto oscuro de sombra y dejó al abogado aislado de aquel miserable entorno. Este era el hogar del favorito de Henry Jekyll; de un hombre que había de heredar un cuarto de millón de libras esterlinas.

Una vieja de cara amarillenta y de cabellos plateados abrió la puerta. Tenía una expresión malvada, disimulada por la hipocresía, pero sus modales eran excelentes. Sí, dijo, esta era la casa de Mr. Hyde, pero él no estaba; había vuelto muy tarde aquella noche y en menos de una hora se había vuelto a marchar. No era nada extraño en él, pues tenía hábitos muy irregulares y se ausentaba a menudo; de hecho, hasta el día de ayer, hacía casi dos meses que no le había visto.

—Muy bien, entonces queremos ver sus habitaciones —dijo el abogado.

Cuando la mujer empezó a decir que eso era imposible, añadió:

—Será mejor que le diga quién es este señor que me acompaña: el inspector Newcomen de Scotland Yard.

---

[10] En inglés, *Penny numbers,* literatura popular barata. *(N. del T.)*

Un destello de alegría rencorosa recorrió el rostro de la mujer.

—¡Ah! —exclamó—. ¡Conque se ha metido en un lío! ¿Qué ha hecho?

Mr. Utterson y el inspector intercambiaron miradas.

—No parece que goce de muchas simpatías —observó este último—. Y ahora, buena mujer, permita que este caballero y yo echemos un vistazo a sus habitaciones.

De la totalidad de la casa, que excepto por la vieja mujer estaba completamente vacía, Mr. Hyde sólo había hecho uso de un par de habitaciones; pero estas habían sido amuebladas con lujo y buen gusto. Había un armario lleno de vinos, la vajilla era de plata y la mantelería elegante; un buen cuadro colgaba de la pared, regalo —supuso Utterson— de Henry Jekyll, que era un buen conocedor, y las alfombras eran muy gruesas y de agradable colorido. En ese momento, sin embargo, las habitaciones tenían el aspecto de haber sido registradas reciente y precipitadamente: ropas desperdigadas por el suelo con los bolsillos vueltos hacia fuera, cajones descuidadamente abiertos y en la chimenea un montón de cenizas, como si una gran cantidad de documentos hubiesen sido quemados. De entre esas cenizas, el inspector desenterró el extremo de un talonario verde que había resistido a la acción del fuego; la otra mitad del bastón apareció detrás de la puerta, y como todo esto confirmaba sus sospechas, el inspector se sintió encantado. Una visita al banco, donde descubrieron que el asesino tenía un saldo a su favor de varios miles de libras, acabó de colmar su satisfacción.

—Puede usted estar seguro, señor —dijo a Mr. Utterson—, de que le tengo en mis manos. Debe haber perdido la cabeza, porque si no jamás habría olvidado el bastón, y menos aún quemado el libro de cheques, pues sin dinero no se puede vivir. No tenemos más que esperarle en el banco y ponerle las esposas.

Esto último no fue, sin embargo, tan fácil de realizar, porque las personas familiarizadas con Mr. Hyde eran realmente escasas (incluso el señor al que servía la criada que denunció el caso le había visto sólo dos veces). No hubo manera de encontrar el menor rastro de su familia; jamás se había fotografiado, y las descripciones que de él daban los pocos que podían hacerlo eran contradictorias entre sí, como suele ocurrir con los observadores no profesionales. Sólo en una cosa coincidían todos: la inquietante sensación de vaga deformidad que el fugitivo producía en quien lo contemplaba.

CAPÍTULO V

El incidente de la carta

Eran las últimas horas de la tarde cuando Mr. Utterson llegó a la puerta del doctor Jekyll, que inmediatamente le fue franqueada por Poole; desde allí fue conducido a través de las dependencias de la cocina y de un patio que tiempo atrás fue un jardín, hasta el edificio llamado laboratorio o sala de disección. El doctor había comprado la casa a los herederos de un célebre cirujano, y al sentir más inclinación por la química que por la anatomía dio otro destino al edificio del fondo del jardín. Era la primera vez que el abogado era recibido en aquella zona de la residencia de su amigo. Examinó con curiosidad la descuidada construcción, carente de ventanas, y miró a su alrededor con una desagradable sensación de extrañeza cuando cruzó el anfiteatro, antaño repleto de estudiantes ávidos por aprender y ahora vacío y silencioso; mesas repletas de aparatos de química, cajas vacías desparramadas por aquí y por allá semicubiertas de paja para embalar que casi no dejaban ver el suelo, y la luz débil que se filtraba a través de una cúpula envuelta en niebla. Al fondo de la sala, unas escaleras subían hasta una puerta tapizada de fieltro rojo, y al atravesar esta puerta Mr. Utterson se encontró al fin en el gabinete del doctor[11]. Era una habitación amplia, rodeada de armarios con puertas de cristal[12] y amueblada, entre otras cosas, con un espejo de cuerpo entero[13] y una mesa de trabajo, y abriéndose sobre el patio, tres ventanas llenas de polvo

[11] Habitación pequeña. *(N. del T.)*

[12] Vitrina a menudo situada en un hueco de la pared. *(N. del T.)*

[13] Un espejo colgado de un marco, lo suficientemente largo para reflejar el cuerpo entero. *(N. del T.)*

y guardadas por rejas de hierro. El fuego ardía en la chimenea y sobre su repisa había una lámpara encendida, pues hasta en el interior de las casas empezaba a meterse la niebla. Y allí, muy cerca del fuego, estaba sentado el doctor Jekyll con aspecto de hallarse mortalmente enfermo. No se levantó a saludar a su visitante; se limitó a alargarle una fría mano y darle la bienvenida con una voz que no parecía la suya.

—Y bien —dijo Mr. Utterson en cuanto Poole los dejó solos—, ¿has oído las noticias?

El doctor se estremeció.

—Las estaban voceando en la plaza —dijo—. Lo he oído desde el comedor.

—Un momento —dijo el abogado—. Carew era cliente mío, pero también lo eres tú, y me gustaría saber lo que estoy haciendo. Espero que no hayas cometido la locura de ocultar a semejante tipo.

—Utterson, ¡te juro por Dios que jamás volveré a mirarle! —exclamó el doctor—. Te doy mi palabra de que he terminado con él para toda la vida. Todo ha acabado; además él no quiere mi ayuda, tú no le conoces como yo; él se encuentra a salvo, completamente a salvo. Acuérdate de estas palabras, nunca se volverá a oír hablar de él.

El abogado le escuchaba con aire sombrío; no le gustaban aquellas maneras febriles de su amigo.

—Pareces estar muy seguro de él —le dijo—, y por tu propio bien espero que estés en lo cierto. Si llegara a celebrarse un juicio, podría aparecer tu nombre.

—Estoy totalmente seguro de él —replicó Jekyll—. Los fundamentos que tengo para esta certeza no puedo compartirlos con nadie, pero hay una cosa sobre la que puedes aconsejarme. Tengo... he recibido una carta, y no estoy seguro de que deba enseñársela a la policía. Me gustaría dejarla en tus manos, Utterson, pues tú sabrás juzgar sabiamente, estoy seguro de ello; tengo mucha confianza en ti.

—¿Temes quizá que eso pudiera conducir a su detención? —preguntó el abogado.

—No —repuso el doctor—, mentiría si dijese que me preocupa lo que le suceda a Hyde; he terminado definitivamente con él. Estaba pensando sólo en mi propia reputación, que a tantos peligros ha quedado expuesta con este odioso asunto.

Utterson meditó unos instantes; se sentía sorprendido por el egoísmo de su amigo, aunque también aliviado por ello.

—Bien —dijo al fin—, déjame ver la carta.

La carta, escrita con una letra extraña y recta, y firmada por Edward Hyde, venía a decir, brevemente, que su benefactor el doctor Jekyll, a quien tan indignamente venía pagando desde hacía largo tiempo por sus miles de generosidades, no tenía que alarmarse por su seguridad, pues disponía de medios absolutamente seguros para escapar. La lectura de esta carta produjo en el abogado gran satisfacción, pues presentaba la intimidad entre Jekyll y Hyde con mejor color de lo que él había imaginado, e inmediatamente se avergonzó de sus pasadas sospechas.

—¿Tienes el sobre? —preguntó.

—Lo quemé antes de decidir qué iba a hacer con la carta —replicó Jekyll—. Pero no traía sello. La nota fue entregada en mano.

—¿Quieres que me la guarde y consulte con la almohada?

—Quiero que tú decidas por mí —fue la respuesta—. He perdido la confianza en mí mismo.

—Bien, pensaré en ello —dijo el abogado—. Y ahora una cosa más: ¿fue Hyde quien dictó los términos del testamento acerca de tu desaparición?

El doctor pareció que iba a desmayarse; apretó los labios y asintió con la cabeza.

—Lo sabía —dijo Utterson—, tenía intención de asesinarte. De buena has escapado.

—Pero de esta experiencia he aprendido mucho más de lo que esperaba —respondió solemnemente el doctor—. He recibido una lección, y... ¡Dios mío, Utterson, qué lección! —exclamó cubriéndose la cara con las manos.

Al salir de la casa, el abogado se detuvo para hablar con Poole.

—Por cierto —le dijo—, hoy han traído una carta en mano. ¿Cómo era el mensajero que la entregó?

Poole contestó tajantemente que no había llegado nada, excepto el correo.

—Y eran sólo circulares —añadió.

Estas noticias renovaron los temores del abogado. Estaba claro que la carta había sido entregada por la puerta, e incluso podría haber sido escrita en el gabinete; y si así fuera, todo el asunto tomaba un cariz distinto y debería ser tratado con más cautela.

Cuando caminaba por la calle, los vendedores de prensa voceaban por las aceras: «Edición especial. Brutal asesinato de un miembro del Parlamento». Aquella era la oración fúnebre por su amigo y cliente; y no pudo evitar cierta aprensión porque el buen nombre de otro amigo se viese arrastrado por el torbellino que había de provocar aquel escándalo. Era una decisión muy delicada la que él tenía que tomar, y aunque habitualmente era un hombre autosuficiente, esta vez comenzó a considerar la idea de pedir consejo a otros. No podía hacerlo directamente, pero sí de manera sutil.

Poco después se hallaba sentado al lado de su chimenea con Mr. Guest, su encargado de bufete, al otro extremo, y entre los dos, a una bien calculada distancia del fuego, una botella de un vino añejo especial que desde hacía años reposaba en la bodega de la casa. La niebla seguía extendiendo sus pesadas alas sobre la húmeda ciudad, donde las farolas de gas brillaban como carbunclos, y bajo aquellas agobiantes y algodonosas nubes caídas, la procesión de la vida seguía su curso en la ciudad a través de sus grandes arterias con el ruido sordo de un lejano vendaval. Pero la estancia estaba alegre con el fuego de la chimenea. Los ácidos de la botella se habían suavizado con el pasar del tiempo, el color de las vidrieras había ganado intensidad y la transparencia de las templadas tardes otoñales en los viñedos de las laderas no tardaría en aparecer y dispersar las nieblas de Londres. Sin darse cuenta, el abogado se fue relajando. No había hombre para quien Mr. Utterson tuviese menos secretos que para Guest, y ni siquiera estaba seguro de no haberle confiado algunos de los que querría haber guardado. Guest había ido muchas veces a casa del doctor por asuntos de negocios. Conocía a Poole, y era casi imposible que no hubiera oído hablar de la familiaridad con que Hyde entraba y salía de la casa; podría haber sacado conclusiones: ¿no sería adecuado entonces que viese una carta que podría esclarecer algo ese misterio? Y por encima de todo, puesto que Guest era un gran estudioso de la grafología, ¿no tomaría esta consulta como algo natural y halagador? Su empleado, además, era un buen consejero; sería difícil que leyera un documento tan extraño sin hacer alguna observación, y con esa observación Mr. Utterson podría configurar el futuro curso de sus acciones.

—Triste asunto el de sir Danvers —dijo.

—Sí, ciertamente. Ha despertado un clamor general —respondió Guest—. Evidentemente, el asesino estaba loco.

—Me gustaría saber qué opina usted sobre esto —replicó Utterson—. Tengo aquí un documento manuscrito, pero debe quedar entre nosotros, porque aún no sé qué hacer con él; es un asunto muy feo. Pero aquí está, a su medida: el autógrafo de un asesino.

Los ojos de Guest brillaron, tomó asiento y se puso inmediatamente a estudiarlo con pasión.

—No, señor —dijo—, no está loco; pero tiene una letra extraña.

—Tan extraña como el que la ha escrito.

Justo en ese momento entró un sirviente con una nota.

—¿Es del doctor Jekyll, señor? —preguntó Guest—. Creo que reconozco la letra. ¿O se trata de algo privado, Mr. Utterson?

—No es más que una invitación para cenar con él. ¿Por qué? ¿Le gustaría a usted verla?

—Sólo un momento, por favor —el empleado extendió sobre la mesa las dos hojas de papel y comparó con sumo cuidado ambas escrituras—. Gracias, señor —dijo al fin, devolviéndole las cartas—, es un autógrafo muy interesante.

Hubo una pausa durante la cual Mr. Utterson se debatió consigo mismo.

—¿Por qué las comparó, Guest? —preguntó repentinamente.

—Verá, señor —contestó el empleado—, hay entre ellas una semejanza muy singular: las dos caligrafías son en muchos puntos idénticas, sólo difieren en la inclinación de las letras.

—Verdaderamente curioso —afirmó Utterson.

—En efecto, como usted dice, es verdaderamente curioso.

—Yo no diría nada de esta carta, ¿entiende? —dijo el abogado.

—No, señor, lo entiendo.

En cuanto Mr. Utterson se quedó solo aquella noche, se apresuró a guardar la carta en su caja fuerte, donde reposa desde entonces. «¡Cómo! —pensaba—. ¡Henry Jekyll cometiendo una falsificación para proteger a un asesino!». Y la sangre se heló en sus venas.

CAPÍTULO VI

El notable incidente del doctor Lanyon

El tiempo pasaba y se ofrecieron miles de libras de recompensa, pues la muerte de sir Danvers fue tomada como una afrenta pública; pero Mr. Hyde había desaparecido del alcance de la policía como si nunca hubiese existido. Gran parte de su pasado fue aireado, y no podía ser más vergonzoso: corrían historias sobre su crueldad, un ser tan insensible y violento; de su vida infame, de sus extraños asociados, del odio que parecía haberle acompañado siempre; pero de sus andanzas actuales, ni una palabra. Desde el momento en que abandonó su casa del Soho la mañana del crimen, Hyde simplemente se había esfumado; y gradualmente, con el paso del tiempo, Mr. Utterson iba recuperándose de su intensa aprehensión y recuperando su antigua tranquilidad interior. La muerte de sir Danvers había sido a su juicio más que compensada con la desaparición de Mr. Hyde. Ahora que su maligna influencia se había desvanecido, comenzaba una nueva vida para el doctor Jekyll. Abandonó su reclusión, renovó las relaciones con sus amigos, volvió a ser el habitual invitado y anfitrión de las reuniones, y si antes se había ganado una merecida fama de hombre caritativo, no menor fue la reputación de persona profundamente religiosa que adquirió en esos días. Llevaba una vida muy activa, disfrutaba del aire libre y hacía el bien; su rostro parecía más franco e iluminado, como si reflejara un reconfortante sentimiento íntimo de utilidad para los demás. Durante más de dos meses el doctor vivió en paz.

El día 8 de enero, Utterson había cenado en casa del doctor junto a un reducido grupo de amigos, entre los que se encontraba Lanyon, y la mirada del anfitrión iba de uno a otro como en aquellos viejos tiempos en que formaban un trío de inseparables amigos. Pero el día 12, y de nuevo el 14, se le cerraron las puertas de Jekyll:

—El doctor está recluido en casa —le dijo Poole— y no quiere ver a nadie.

El día 15 volvió a intentarlo y fue rechazado de nuevo. Habiéndose acostumbrado en los dos últimos meses a encontrarse con su amigo casi a diario, este retorno a la soledad pesó como una losa sobre su espíritu. La quinta noche invitó a Guest a cenar y la sexta se dirigió a casa del doctor Lanyon.

Allí al menos no fue rechazado; pero cuando entró en la casa, quedó impresionado ante el cambio que el aspecto de su amigo había sufrido. En su rostro podían verse señales inequívocas de una muerte cercana. Su tez rubicunda se había tornado pálida y estaba más delgado; era ahora un hombre visiblemente calvo y envejecido, y sin embargo, no fueron estos signos de rápida decadencia física los que más alarmaron al abogado, sino la expresión de su mirada y un aire en sus maneras que revelaban un profundo terror en el interior de su mente. No era probable que el doctor tuviera miedo a la muerte; no obstante, eso fue lo que Utterson se sintió inclinado a pensar: «Sí, él es médico; conoce su propio estado y sabe que sus días están contados, y eso es más de lo que puede soportar». Pero cuando Utterson hizo referencia a su mal aspecto, Lanyon no vaciló en afirmar con la mayor entereza que era un hombre condenado a muerte.

—He recibido una fuerte impresión y jamás me recuperaré de ella —dijo—. Es cuestión de semanas. Bien, la vida ha sido hermosa; he disfrutado de ella, sí señor; me había acostumbrado a disfrutarla. Pero pienso a veces que si supiéramos todo lo que ella encierra, nos sentiríamos más alegres al abandonarla.

—Jekyll también está enfermo —observó Utterson—. ¿Le has visto?

El rostro de Lanyon se transformó mientras levantaba una mano temblorosa.

—No quiero volver a ver jamás al doctor Jekyll ni oír hablar de él —dijo con voz fuerte y entrecortada—. He acabado totalmente con él, y te suplico que suprimas toda alusión a una persona que yo considero muerta.

—¡Vaya! —exclamó Mr. Utterson, quien tras una considerable pausa preguntó—: ¿No puedo hacer nada? Los tres somos muy viejos amigos, Lanyon; no viviremos para hacer otros nuevos.

—No hay nada que hacer —replicó Lanyon—. Pregúntaselo a él mismo.

—No quiere verme —dijo el abogado.

—No me sorprende —fue la réplica—. Algún día, Utterson, después de que yo haya muerto, quizá llegues a enterarte de la verdad de lo ocurrido; yo no puedo decírtela. Mientras tanto, si quieres sentarte y hablar conmigo de otras cosas, por el amor de Dios, hazlo; pero si te es imposible olvidar este maldito asunto, entonces, en nombre de Dios, vete, porque no puedo soportarlo.

Tan pronto como llegó a su casa, Utterson se sentó a escribirle a Jekyll, quejándose de que le excluyese de su casa y preguntándole por la razón de su lamentable ruptura con Lanyon. Al día siguiente recibió una larga respuesta en la que párrafos de un intenso patetismo se alternaban con otros misteriosamente oscuros. La ruptura con Lanyon era irreversible:

> «No reniego de nuestro viejo amigo —escribía Jekyll—, pero estoy de acuerdo con él en que nunca más debemos vernos. De aquí en adelante pienso llevar una vida de extrema reclusión; no debes sorprenderte, ni tampoco dudar de mi amistad si mi puerta permanece cerrada incluso para ti. Debes permitir que yo siga mi propio y oscuro camino, pues he concitado sobre mí un castigo y un peligro que no puedo ni nombrar. Si yo soy el más grande de los pecadores, soy también el mayor de los sufridores; no podía imaginar que en esta tierra hubiese lugar para sufrimientos y terrores tan inhumanos. Y tú, mi querido Utterson, no puedes hacer más que una cosa para aliviar este destino: respetar mi silencio».

Utterson estaba conmovido: la siniestra influencia de Hyde había desaparecido, el doctor había vuelto a sus viejas tareas y amistades; hacía una semana todo parecía sonreírle con la promesa de una vejez feliz y honorable, y ahora, en un abrir y cerrar de ojos, amistades, paz de espíritu y el entero tenor de su vida estaban hechos añicos. Tan grande e improvisto cambio apuntaba a la locura; pero, a juzgar por las maneras y las palabras de Lanyon, la razón de ese mal debía ser mucho más profunda.

Una semana más tarde el doctor Lanyon dejó de levantarse y en algo menos de una quincena murió. En la noche que siguió al funeral, a cuya ceremonia había asistido terriblemente afectado, Utterson se encerró con llave en su despacho y, sentado a la melancólica luz de una vela, sacó de su cajón y puso ante sí un sobre escrito por la mano de su difunto amigo y lacrado con su sello, cuyo mensaje, enfáticamente subrayado, decía: «privado: entregar únicamente en manos de J. G. Utterson, y si este hubiese fallecido, *destruir sin leer*». El abogado se estremecía con sólo imaginar el contenido. «Hoy he enterrado a un amigo —pensó—. ¿No irá este documento a hacerme perder al otro?». Pero condenando aquel temor como signo de deslealtad rompió el sello. Dentro de él había otro sobre, igualmente sellado, en el que se leía: «No abrir hasta la muerte o desaparición del doctor Jekyll». Utterson no daba crédito a sus ojos: sí, hablaba de desaparición. Aquí también, como en aquel loco testamento que hacía tiempo había devuelto a su autor, aparecía la idea de una desaparición ligada al nombre de Henry Jekyll, aunque en el testamento esta idea había surgido bajo la siniestra sugerencia de Hyde, pues su presencia allí obedecía a un propósito perfectamente claro y horrible; pero escrita por la mano de Lanyon, ¿qué significado tenía? Una gran curiosidad estuvo a punto de hacerle desoír la prohibición y penetrar de una vez hasta el fondo de aquellos misterios, mas el honor profesional y el respeto a su amigo muerto eran obligaciones ineludibles, y el paquete fue depositado intacto en el rincón más seguro de su caja fuerte.

Pero una cosa es reprimir la curiosidad y otra muy distinta es vencerla, y cabe preguntarse si a partir de ese día Utterson buscó con el mismo ahínco la compañía de su amigo superviviente. Pensaba en él con cariño, pero también con una mezcla de intranquilidad y temor. Fue a visitarle, desde luego; pero quizá se sintiese aliviado cuando se le negaba la entrada; tal vez, en el fondo de su corazón prefería hablar con Poole en los escalones de la entrada, rodeado por el aire y los sonidos de la ciudad abierta, a ser admitido en aquella casa de voluntaria reclusión y sentarse a hablar con su inescrutable prisionero. Poole no tenía muy buenas noticias que comunicar. Al parecer, ahora más que nunca el doctor vivía confinado en el despacho que tenía encima del laboratorio, donde a veces incluso dormía; estaba muy deprimido, se había vuelto muy callado y apenas leía; daba la impresión de que algo le corroía el alma. Utterson se habituó de tal modo al invariable carácter de estos informes, que acabó disminuyendo, poco a poco, la frecuencia de sus visitas.

CAPÍTULO VII

El incidente de la ventana

Un domingo, cuando Mr. Utterson daba su habitual paseo con Mr. Enfield, el camino les llevó hasta la calleja, y al llegar frente a la puerta ambos se detuvieron a mirarla.

—Bueno —dijo Enfield—, al menos aquella historia ha tenido un final. Jamás volveremos a ver a Mr. Hyde.

—Espero que no —contestó Utterson—. ¿Llegué a decirle que una vez me encontré con él y como usted tuve el mismo sentimiento de repulsión?

—Era imposible verlo y no experimentarlo —replicó Enfield—. Y, a propósito, ¡qué estúpido le parecería cuando no supe reconocer esta puerta como la entrada trasera de la casa del doctor Jekyll! Usted fue en parte culpable de que lo tuviera que averiguar por mí mismo.

—Así que por fin lo ha averiguado —dijo Utterson—. Pues entonces entremos en la plazoleta y echemos un vistazo a las ventanas. Para serle sincero, estoy preocupado por el pobre Jekyll; y tengo la sensación de que, incluso desde la calle, la presencia de un amigo podría reconfortarle.

La plazoleta, muy fría y algo húmeda, comenzaba a sumergirse en un crepúsculo prematuro, aunque allá arriba el cielo seguía brillante con la puesta de sol. De las tres ventanas, la del centro estaba entreabierta, y sentado junto a ella, tomando el aire con una expresión de tristeza infinita, como un prisionero desconsolado, vio Utterson al doctor Jekyll.

—¡Hola, Jekyll! —gritó—. Espero que estés mejor.

—Estoy muy deprimido, Utterson —replicó el doctor con gran tristeza—. No duraré mucho tiempo, gracias a Dios.

—Pasas demasiado tiempo recluido —dijo el abogado—. Deberías salir, activar la circulación de la sangre, como hacemos Mr. Enfield y yo —después de presentar a ambos, añadió—: Baja ahora, toma tu sombrero y date una vueltecita con nosotros.

—Eres muy bueno —suspiró Jekyll—. Me gustaría mucho; pero no, es totalmente imposible; no me atrevo. Aunque francamente, Utterson, estoy encantado de verte; es realmente un gran placer. Te pediría a ti y a Mr. Enfield que subierais, pero la verdad es que el lugar no está como para recibir a nadie.

—¿Por qué, entonces —dijo el abogado en tono cordial—, no nos quedamos aquí y hablamos contigo desde la calle?

—Eso es justamente lo que estaba a punto de proponer —replicó el doctor con una sonrisa.

Antes de que terminara estas palabras la sonrisa desapareció de su rostro para dar paso a una expresión de terror y desesperación tan abyecta que heló la sangre en las venas de los dos caballeros. Fue sólo un atisbo lo que vieron, pues la ventana se cerró inmediatamente, pero aquel atisbo había sido suficiente y ambos abandonaron la plaza sin decir palabra. En silencio también recorrieron la calleja, y sólo cuando llegaron a una arteria principal, en la que incluso en domingo había señales de vida, Mr. Utterson se volvió al fin y miró a su compañero. Los dos estaban pálidos y había la misma respuesta de horror en los ojos de cada uno.

—¡Que Dios nos asista! ¡Que Dios nos asista! —exclamaba Mr. Utterson.

Pero Mr. Enfield solo acertó a asentir gravemente con la cabeza mientras continuaba andando en silencio.

CAPÍTULO VIII

La última noche

Mr. Utterson estaba sentado junto al fuego una noche, después de cenar, cuando le sorprendió recibir una visita de Poole.

—Bendito sea, Poole, ¿qué le trae por aquí? —exclamó; luego, echándole otro vistazo, añadió—: ¿Qué le aflige, Poole? ¿Está enfermo el doctor?

—Mr. Utterson —dijo el hombre—, hay algo que anda mal.

—Siéntese, aquí tiene un vaso de vino —dijo el abogado—. Tómese ahora el tiempo que necesite y dígame sin rodeos lo que desea.

—Usted conoce los hábitos del doctor —dijo Poole— y cómo suele encerrarse. Pues bien, ha vuelto a hacerlo en su gabinete y no me agrada, señor; desearía morir si me agradase. Mr. Utterson, tengo miedo.

—Tranquilícese, buen hombre —dijo el abogado—, y sea explícito. ¿De qué tiene miedo?

—Hace una semana que lo tengo —replicó Poole, soslayando tenazmente la pregunta— y no lo puedo soportar por más tiempo.

El aspecto de aquel hombre confirmaba ampliamente sus palabras; sus modales estaban alterados, y exceptuando el momento en que por primera vez comunicó su terror, no había mirado a la cara del abogado ni una sola vez. Incluso ahora seguía sentado con el vaso de vino sin probar en sus rodillas y los ojos fijos en algún lugar del suelo, mientras repetía:

—No lo puedo soportar más.

—Vamos, Poole —dijo el abogado—, ya veo que tiene una buena razón y que debe tratarse de algo serio. Intente decirme lo que le pasa.

—Creo que alguien está jugando sucio —dijo Poole con voz ronca.

—¡Juego sucio! —exclamó el abogado alarmado y después irritado—. ¿Qué juego sucio? ¿Qué quiere decir este hombre?

—No me atrevo a decirlo, señor —fue la respuesta—; pero, ¿querrá usted venir conmigo y verlo por sí mismo?

La única reacción de Mr. Utterson fue levantarse y coger su sombrero y su abrigo, pero observó con asombro el gran alivio que delataba el rostro del mayordomo y, quizá con no menor sorpresa, que el vaso de vino permanecía intacto cuando este se aprestó a seguirle.

Era una noche salvaje, fría, propia de las inclemencias de marzo, con una luna pálida, recostada como si la hubiera volcado el viento, y un mar flotante de nubes del más diáfano algodón. El viento dificultaba el habla y agolpaba la sangre en el rostro. Parecía haber barrido las calles, inusualmente vacías de transeúntes. Mr. Utterson pensó que nunca había visto esta parte de Londres tan desierta. Hubiera deseado que fuese de otro modo; nunca en la vida había sido consciente de albergar un deseo tan intenso de ver y tocar a sus semejantes, porque, por mucho que se esforzara en combatirlo, había brotado en su mente el abrumador presentimiento de una calamidad. La plaza, cuando llegaron a ella, era toda viento y polvo, que hacía fustigar contra la verja a los delgados árboles del jardín. Poole, que durante todo el camino había mantenido uno o dos pasos de delantera, se detuvo en mitad del pavimento y, a pesar de la crudeza del tiempo, se quitó el sombrero y se secó la frente con un pañuelo rojo. Pero con toda la prisa de su venida, lo que enjugó no era ese rocío que es fruto del cansancio, sino la humedad segregada por una atenazadora angustia; porque su cara estaba lívida y su voz, cuando hablaba, era áspera y rota.

—Bien, señor —dijo—, ya hemos llegado, y quiera Dios que no suceda nada malo.

—Así sea, Poole —dijo el abogado.

Luego el sirviente golpeó la puerta cautelosamente; esta se abrió, quedando sujeta por la cadena, y una voz preguntó desde dentro:

—¿Es usted, Poole?

—Sí, está todo bien —dijo Poole—. Abre la puerta.

El salón, cuando entraron, estaba brillantemente iluminado; el fuego de la chimenea ardía con intensidad y todos los sirvientes, hombres y mujeres, se apiñaban alrededor como un rebaño de ovejas. Al ver a Mr. Utterson, la doncella prorrumpió en histéricos sollozos, y la cocinera, mientras gritaba: «¡Bendito sea Dios! Es Mr. Utterson», corrió hacia él como si fuera a estrecharle en sus brazos.

—¡Pero bueno...!, ¿qué es esto? ¿Todos ustedes aquí? —dijo el abogado, recriminándoles—. Su comportamiento es muy irregular y nada adecuado: a su patrón no le gustaría nada esto.

—Están todos asustados —dijo Poole.

Siguió un silencio general, sin que nadie protestase; sólo la doncella alzó la voz, llorando estrepitosamente.

—¡Cállate! —le dijo Poole con un tono tan feroz que atestiguaba el mal estado de sus nervios.

La verdad es que cuando la joven elevó de repente la estridente nota de sus lamentos, todos se sobresaltaron y se volvieron hacia la puerta interior con rostros de terrible expectación.

—Y ahora —continuó el mayordomo dirigiéndose al pinche—, alcánzame una vela y abordaremos el asunto sin más demora.

Entonces rogó a Mr. Utterson que le siguiera y lo condujo a través del jardín trasero.

—Ahora, señor —dijo—, vaya con todo el sigilo que pueda. Deseo que escuche, pero no deseo que sea escuchado. Y mire, señor, si por casualidad le pidiera a usted que entrase, no lo haga.

Los nervios de Mr. Utterson experimentaron, con este imprevisto final, una sacudida que casi le hizo perder el equilibrio; pero se rearmó de valor y siguió al mayordomo al edificio del laboratorio a través de la sala de disección, con sus montones de cajones y botellas, hasta el pie de la escalera. Aquí Poole le hizo señas para que se hiciese a un lado y escuchara, mientras él, dejando la vela en el suelo y haciendo un enorme y obvio acopio de resolución, subió los escalones y golpeó con una mano un tanto insegura el fieltro rojo de la puerta del gabinete.

—Es Mr. Utterson, que desea verle, señor —anunció, mientras hacía señas al abogado para que agudizara el oído.

Una voz quejumbrosa respondió desde dentro diciendo:

—Dígale que no puedo ver a nadie.

—Gracias, señor —dijo Poole, con una nota en su voz semejante a un triunfo; luego, cogiendo su vela, recondujo a Mr. Utterson a través del patio de la cocina principal, donde el fuego se había apagado y las cucarachas correteaban por el suelo.

—Señor —dijo mirando a los ojos de Mr. Utterson—, ¿era esa la voz de mi amo?

—Parece muy cambiada —replicó el abogado, muy pálido, pero devolviendo al otro la mirada.

—¿Cambiada? Pues bien, sí, así lo creo —dijo el mayordomo—. ¿He servido veinte años en la casa de este hombre para poder confundir su voz? No, señor, a mi amo le han matado, le mataron hace ocho días, cuando le oí gritar en nombre de Dios. ¡Y *quién* está ahí en su lugar, y *por qué* está ahí, es algo que clama al cielo, Mr. Utterson!

—Es una historia muy extraña, mi querido Poole; una historia más bien descabellada, diría yo —comentó Mr. Utterson mordiéndose el dedo—. Admitamos que ha ocurrido lo que usted supone; si el doctor Jekyll ha sido, digamos, asesinado, ¿qué induciría al asesino a permanecer en la casa? Su suposición no se tiene en pie; no hay razón que la justifique.

—Bien, Mr. Utterson, es usted un hombre difícil de convencer; pero aun así voy a intentarlo —dijo Poole—. Durante toda la semana pasada (es preciso que usted lo sepa), él, o lo que quiera que sea lo que está viviendo en ese despacho, ha estado pidiendo a gritos noche y día una especie de medicina, y no se satisface con ninguna de las que le traen. Suele adoptar a veces la antigua costumbre (del amo, quiero decir) de escribir sus órdenes en un papel y dejarlo en la escalera. No hemos encontrado otra cosa durante la última semana; nada, salvo papeles y una puerta cerrada, y hasta hemos tenido que dejarle las comidas en la escalera para que él las recogiese a escondidas cuando nadie pudiera verle. Bien, señor, cada día, y en ocasiones hasta dos o tres veces en el mismo día, he recibido órdenes y quejas que me han obligado a salir a toda prisa para visitar todas las casas de productos farmacéuticos al por mayor de la ciudad. Y cada vez que volvía con su encargo, había un nuevo papel con la orden de devolverlo porque el producto no era puro y una nueva orden de compra para una empresa diferente. No sé para qué puede servir esa droga que pide, señor, pero lo que sí puedo asegurarle es que la necesita desesperadamente.

—¿Tiene usted alguno de esos papeles? —preguntó Mr. Utterson.

Poole buscó en su bolsillo y sacó una arrugada nota que el abogado, acercándose más a la luz de la vela, examinó cuidadosamente. Su contenido decía así: «El doctor Jekyll presenta sus respetos a los señores Maw y les asegura que la última partida recibida de ellos es impura e inútil para su actual propósito. En el año 18... el doctor Jekyll les compró a ustedes una buena cantidad, por lo que ahora les ruega que busquen con el mayor cuidado algún posible resto de aquella partida y que se lo envíen cuanto antes. No reparen en gastos. La importancia que esto tiene para el doctor Jekyll difícilmente puede ser exagerada». Hasta aquí la carta había sido redactada de manera correcta; pero en este punto, con unas repentinas salpicaduras de tinta, se desataba la emoción del que escribía, añadiendo: «¡Por el amor de Dios, encuéntrenme un poco del antiguo!».

—Es una nota extraña —dijo Mr. Utterson, y luego preguntó ásperamente—: ¿Cómo es que usted la tiene abierta?

—El empleado de la casa Maw se enfadó bastante, señor, y me la tiró como el que tira algo a la basura —respondió Poole.

—Esta es incuestionablemente la letra del doctor, ¿verdad? —inquirió el abogado.

—Me pareció que sí lo era —dijo el sirviente de mala gana, y de repente, cambiando el tono de voz, añadió—: Pero, ¿qué importancia puede tener la letra? ¡Yo lo he visto con mis propios ojos!

—¿Con sus propios ojos? —repitió Mr. Utterson—. ¿Cómo fue?

—Ocurrió así —dijo Poole—: Entré repentinamente en el anfiteatro cuando volvía del jardín. Parece que él había salido para buscar su droga, o lo que fuese, porque la puerta de su gabinete estaba abierta y le vi revolviendo entre las cajas, al otro extremo de la sala. Levantó la vista cuando yo entré, lanzó una especie de grito y trepó escaleras arriba hacia el gabinete. Le vi apenas un minuto, pero se me pusieron los pelos de punta. Señor, si aquel era mi amo, ¿por qué llevaba una máscara sobre su cara? Si era mi amo, ¿por qué chillaba como una rata y se alejaba de mí? He estado a su servicio durante muchos años. Entonces... —el hombre hizo una pausa y se pasó la mano por la cara.

—Todo esto es muy extraño —dijo Mr. Utterson—, pero me parece que empiezo a ver más claro. Su amo, Poole, ha contraído una de esas enfermedades que torturan y deforman al que las padece; de ahí podría provenir, creo yo, la alteración de su voz, que use una máscara y que rehúya el trato con sus amigos, y también la avidez por encontrar esa droga, la última esperanza de curación para su pobre alma. ¡Dios quiera que no se equivoque! Esta es mi explicación; bastante triste y difícil de aceptar, Poole; pero es lógica y natural, encaja bien con los hechos y nos libera de exageradas alarmas.

—Señor —dijo el mayordomo, volviendo a revestirse de una extraña palidez—, aquella cosa no era mi amo, esa es la pura verdad. Mi amo —aquí Poole escudriñó y empezó a hablar en voz baja— es un hombre alto y de fina estampa, y eso no era más que un enano —Utterson intentó protestar—. ¡Oh, señor! —exclamó Poole—, ¿cree usted que no conozco a mi amo después de haberle servido durante veinte años? ¿Cree usted que no sé hasta dónde llega su cabeza en la puerta del gabinete, cuando le he visto atravesarla cada mañana de mi vida? No, señor, ese que lleva la máscara no es el doctor Jekyll. Dios sabrá quién es, pero no es el doctor Jekyll, y en el fondo de mi corazón estoy convencido de que aquí ha habido un asesinato.

—Poole —replicó el abogado—, si usted dice eso, mi deber es comprobarlo. Por más que desee respetar los sentimientos de su amo y por más que me confunda esa nota, que parece probar que aún está vivo, considero que es mi deber derribar esa puerta.

—¡Ah, Mr. Utterson, así se habla! —exclamó el mayordomo.

—Y ahora viene la segunda cuestión —continuó Utterson—: ¿Quién va a hacerlo?

—¿Por qué no usted y yo? —fue la espontánea respuesta.

—Muy bien dicho —contestó el abogado—. Y cualesquiera que sean las consecuencias, será responsabilidad mía velar por que usted no sufra el menor daño.

—Hay un hacha en el anfiteatro —continuó Poole—, y usted podría coger el atizador del fuego.

El abogado cogió aquel rudo y pesado instrumento y lo blandió en el aire.

—Poole, ¿es consciente de que usted y yo vamos a correr algún peligro?

—Bien puede usted afirmarlo, señor —replicó el mayordomo.

—Bien, entonces deberíamos ser francos —dijo el otro—. Los dos pensamos más de lo que hemos dicho. Hablemos con toda sinceridad: ¿reconoció usted a la figura enmascarada que vio?

—Bueno, señor, sucedió tan rápidamente, y la criatura estaba tan encorvada, que difícilmente podría jurarlo —fue la respuesta—. Pero si lo que usted me pregunta es: ¿era Mr. Hyde? Yo diría: ¡sí, creo que era Mr. Hyde! ¿Sabe? Era de su misma estatura, tenía su misma vivacidad y ligereza, y además, ¿qué otra persona podía haber entrado por la puerta del laboratorio? No habrá olvidado, señor, que cuando asesinaron a sir Danvers él tenía una llave. Pero eso no es todo. Yo no sé si usted, Mr. Utterson, ha visto alguna vez a ese Mr. Hyde.

—Sí —dijo el abogado—, hablé con él en una ocasión.

—Entonces se habrá dado cuenta, tan bien como todos nosotros, de que había algo extraño en ese caballero, algo que ponía a un hombre al borde del desmayo; yo no sabría expresarlo adecuadamente, señor, si no es diciendo que uno siente que algo frío y punzante le penetra la médula.

—Yo mismo sentí algo parecido a lo que usted describe —dijo Mr. Utterson.

—Pues bien, señor —continuó Poole—, cuando esa cosa enmascarada saltó como un mono de entre los productos químicos y se escabulló hacia el gabinete, sentí que un helado escalofrío recorría de arriba abajo mi espina dorsal. Oh, ya sé que eso no prueba nada, Mr. Utterson, he leído lo suficiente para saberlo; pero un hombre tiene sus sentimientos. ¡Le juro por la Biblia que era Mr. Hyde!

—¡Ay, ay! —dijo el abogado—. Mis temores me inclinan a la misma conclusión. Me temo que el mal fue el cimiento de esa relación, estaba seguro de que iba a sobrevenir. Ahí, con toda sinceridad, le creo; creo que el pobre Harry ha sido asesinado, y creo que su asesino (y sólo Dios puede decir con qué propósito) está todavía al acecho en la habitación de la víctima. Nosotros le vengaremos. Llame a Bradshaw.

El lacayo acudió al llamamiento, muy pálido y nervioso.

—Ánimo, Bradshaw —dijo el abogado—. Me doy cuenta de que esta sensación de incertidumbre tiene a todos ustedes sobrecogidos, pero ahora nuestra intención es ponerle fin. Aquí Poole y yo vamos a entrar por la fuerza en el gabinete. Si dentro estuviera todo bien, mis espaldas son anchas para afrontar la responsabilidad. Mientras tanto, para que no suceda nada malo, o cualquier malhechor intente escapar por la parte trasera de la casa, usted y el muchacho den la vuelta a la esquina con un par de buenos garrotes y sitúense junto a la puerta del laboratorio. Les doy diez minutos para que ocupen sus puestos —cuando Bradshaw se fue, el abogado miró su reloj y añadió—: Ahora Poole, ocupemos nosotros los nuestros —y llevando el atizador bajo el brazo abrió camino hacia el patio.

Las agitadas nubes habían cubierto la luna y ahora todo estaba muy oscuro. El viento, que sólo irrumpía a ráfagas y bocanadas en aquella profunda hondonada del edificio, hacía bailar de un lado a otro la luz de las velas a cada paso hasta que llegaron a la protección del anfiteatro, donde se sentaron a esperar en silencio. El rumor de Londres llegaba de todas partes solemnemente; pero más al alcance de la mano, el silencio era roto únicamente por el sonido de unos pasos que recorrían de acá para allá el suelo del gabinete.

—Así pasea todo el día, señor —susurró Poole—, y también, ay, la mayor parte de la noche. Sólo cuando llega un nuevo pedido del químico, se interrumpe el paseo por poco tiempo. ¡Ah, qué enemiga del sueño es la mala conciencia! ¡Ah, señor, cada uno de sus pasos deja una huella de sangre vilmente derramada! Pero vuelva a escuchar un poco más atentamente... ponga toda su alma en los oídos, señor Utterson, y dígame, ¿son esos los pasos del doctor?

Los pasos sonaban ligeros y extraños, con un cierto ímpetu a pesar de su lentitud. Eran muy diferentes de la firme y segura pisada de Henry Jekyll. Tras lanzar un suspiro, Utterson preguntó:

—¿No ha pasado ninguna otra cosa?

Poole asintió con la cabeza.

—Una vez... ¡le oí llorar! —exclamó.

—¿Cómo? ¿Llorar? —dijo el abogado con un repentino escalofrío de horror.

—Llorar como una mujer o un alma en pena —dijo el mayordomo—. Me fui con el corazón tan apesadumbrado, que yo también estuve a punto de llorar.

Pero ahora los diez minutos llegaron a su fin. Poole desenterró el hacha de un montón de paja de embalar; pusieron la vela sobre la mesa más próxima para que les alumbrara el ataque, y se dirigieron conteniendo el aliento hacia el lugar donde los obstinados pasos continuaban sonando de acá para allá y de allá para acá en el silencio de la noche.

—¡Jekyll! —gritó Utterson, haciendo resonar su voz—, quiero verte —hizo una pausa momentánea, pero no obtuvo réplica—. Con toda lealtad te lo aviso, nos han surgido sospechas; debo verte y te veré —continuó diciendo—. ¡Si no es por las buenas, será por las malas! ¡Si no es con tu consentimiento, será por la fuerza bruta!

—Utterson —dijo la voz—, ¡por el amor de Dios, ten compasión de mí!

—Ah, esa no es la voz de Jekyll... ¡es la de Hyde! —gritó Utterson—. ¡Echemos la puerta abajo, Poole!

Poole blandió el hacha sobre sus hombros; el golpe hizo temblar el edificio, pero la cerradura y los goznes de la puerta tapizada de rojo resistieron el embate. Un sombrío alarido, como de mero terror animal, se escapó del gabinete. Se alzó de nuevo el hacha y de nuevo crujieron los paneles de la puerta haciendo temblar el marco; por cuatro veces se descargó el golpe, pero la madera era resistente y los herrajes de buena fragua, y no fue hasta el quinto golpe que la cerradura saltó partida en dos y trozos de la puerta cayeron al interior sobre la alfombra.

Asustados por su propio estruendo y el silencio que le sucedió, los asaltantes retrocedieron un paso y miraron atentamente lo que había dentro. Ante sus ojos se ofrecía el gabinete a la tranquila luz de la lámpara, con un buen fuego chisporroteando y crepitando en el hogar, la tetera silbando su fina tonada, uno o dos cajones abiertos, los papeles ordenados con esmero en la mesa de trabajo y, más cerca del fuego, el servicio dispuesto del té; se diría la habitación más tranquila en todo Londres, y la más común, a no ser por los armarios de cristales, atiborrados de productos químicos.

Justo en mitad de la estancia yacía el cuerpo de un hombre violentamente contorsionado y aún sacudido por espasmos. Acercándose a él de puntillas, le volvieron boca arriba y contemplaron el rostro de Edward Hyde. Vestía un traje que le estaba demasiado grande, de la talla del doctor; los músculos de su cara se movían aún con una apariencia de vida, pero la vida estaba ya ausente, y por el exprimido frasco que aferraba su mano y el intenso olor a almendras que flotaba en el aire, Utterson supo que estaba contemplando el cuerpo de un suicida.

—Hemos llegado demasiado tarde —dijo gravemente—, tanto para salvar como para castigar. Hyde ha muerto, y sólo nos queda encontrar el cadáver de su amo.

La mayor parte del edificio estaba ocupada por el anfiteatro, que llenaba casi completamente la planta baja y estaba iluminado desde arriba, y por el gabinete, el cual formaba una planta superior y miraba hacia el patio. Un corredor unía el anfiteatro con la puerta que daba a la calleja, y con esta comunicaba separadamente el gabinete por un segundo tramo de escaleras. También había unos cuantos cuartos oscuros y una espaciosa bodega. Todos fueron ahora examinados uno a uno. Para cada cuarto bastaba una mirada, porque estaban todos vacíos y, por el polvo que se desprendía de las puertas, hacía tiempo que no se habían abierto. La bodega estaba repleta con todo tipo de trastos viejos, la mayoría de la época del cirujano que poseyó el edificio antes que Jekyll; pero en cuanto abrieron la puerta se percataron de la inutilidad de seguir buscando, al caer intacta una espesa tela de araña que había sellado durante años la entrada. No había en ninguna parte rastro alguno de Henry Jekyll, muerto o vivo.

Poole golpeó con el pie las losas del corredor.

—Tiene que haber sido enterrado aquí —dijo, escuchando atentamente el sonido.

—O puede haber huido —dijo Utterson, y volvió a examinar la puerta que daba a la calleja; estaba cerrada con llave, la que encontraron cerca de allí, tirada en las losas y ya cubierta de orín.

—No parece recién usada —observó el abogado.

—¡Usada! —repitió Poole—. ¿No ve, señor, que está rota? Parece como si un hombre la hubiese pisoteado.

—¡Ah! —continuó Utterson—, y también las fracturas están oxidadas.

Los dos hombres intercambiaron una mirada de estupor.

—No consigo entenderlo, Poole —dijo el abogado—. Volvamos al gabinete.

Subieron la escalera en silencio y de nuevo, lanzando al cadáver ocasionales miradas de pavor, procedieron a examinar más minuciosamente el interior del gabinete. En una mesa había indicios de algún ensayo químico, varias cantidades dosificadas de una especie de sal blanca colocadas en platillos de cristal, como si el infeliz doctor hubiera hecho los preparativos para un experimento.

—Es la misma droga que le traía siempre —dijo Poole, y no había terminado de hablar cuando un silbido alarmante surgió de la hirviente tetera colocada en el fuego.

Esto les atrajo a la chimenea; junto a uno de los brazos de una butaca acogedoramente aproximada al fuego, estaba dispuesto un servicio de té, con el azúcar ya vertido en la taza. Había varios libros en una estantería, y al examinar uno que permanecía abierto junto a la taza de té, Utterson reconoció asombrado el ejemplar de una obra piadosa de la que Jekyll le había hablado varias veces con gran estima y que ahora aparecía anotada con terribles blasfemias escritas por su propia mano.

A continuación, su examen de la cámara les llevó junto a un espejo basculante, cuyo fondo contemplaron con involuntario horror. Pero estaba colocado de tal manera que no podía reflejar más que el resplandor rojizo del fuego en el techo, chisporroteando en cientos de repeticiones sobre los cristales de los armarios, y los dos pálidos y temerosos rostros que se asomaban a su luna.

—Este espejo ha debido ver cosas muy extrañas, señor —musitó Poole.

—Y seguramente ninguna más extraña que el espejo mismo —respondió el abogado en el mismo tono—. ¿Para qué podía Jekyll —un estremecimiento le detuvo al pronunciar esta palabra, pero venciendo su debilidad continuó— necesitarlo aquí?

—¡Desde luego! ¿Para qué? —dijo Poole.

Después de esto pasaron a la mesa de escribir, encima de la cual, entre una serie de papeles cuidadosamente ordenados, sobresalía un voluminoso sobre que llevaba, escrito por la mano del doctor, el nombre de Mr. Utterson. El abogado rompió el sello y varios pliegos cayeron al suelo. El primero era un testamento, redactado en los mismos términos excéntricos que el devuelto seis meses antes por el abogado, que debía valer como testamento en caso de muerte y como acta de donación en caso de desaparición; pero, en lugar del nombre de Edward Hyde, el abogado leyó, con indescriptible asombro, el nombre de Gabriel John Utterson. Miró a Poole, otra vez a los papeles y, finalmente, al cadáver del malhechor, tendido sobre la alfombra.

—La cabeza me da vueltas —dijo—. Todos estos días han estado en su poder, no tenía razón alguna para simpatizar conmigo; al verse desplazado habrá montado en cólera; y no ha destruido este documento.

Cogió el siguiente papel. Era una breve nota, escrita de puño y letra del doctor y fechada en su encabezamiento.

—¡Oh, Poole! —exclamó el abogado—, hoy estaba aquí vivo. Este hombre no puede haberse deshecho de él en tan poco tiempo. ¡Debe seguir vivo aún, debe haber huido! Pero, ¿por qué huyó y cómo? Y en tal caso, ¿podemos aventurarnos a declarar que esto ha sido un suicidio? Debemos tener cuidado. Me temo que podríamos involucrar a su amo en una catástrofe.

—¿Por qué no lo lee, señor? —preguntó Poole.

—Porque me da miedo —replicó el abogado con solemnidad—. ¡Dios quiera que no haya razón para tenerlo!

Acto seguido puso el papel ante sus ojos y leyó lo siguiente:

> «Mi querido Utterson, cuando esta carta caiga en tus manos, yo habré desaparecido, sin que pueda prever en qué circunstancias, aunque mi instinto y todas las particularidades que rodean mi incalificable situación me dicen que el final es seguro y será pronto. Prosigue, pues, y lee primero el relato que Lanyon me advirtió que pondría en tus manos, y si tienes interés en oír más, te remito a la confesión de tu indigno e infeliz amigo,
>
> Henry Jekyll».

—¿Había un tercer documento? —preguntó Utterson.

—Aquí está, señor —repuso Poole, poniendo en sus manos un paquete considerable sellado en diferentes sitios.

El abogado se lo metió en el bolsillo mientras advertía:

—Yo no diría nada de este documento. Esté huido o muerto su amo, debemos al menos salvar su reputación. Ahora son las diez; he de ir a casa y leer con calma estos papeles, pero volveré antes de medianoche y entonces avisaremos a la policía.

Salieron, cerrando tras ellos la puerta del anfiteatro, y dejando una vez más a la servidumbre reunida en torno al fuego del salón, Utterson regresó cansinamente a su despacho para leer los dos relatos que habían de explicar ahora este misterio.

CAPÍTULO IX

El relato del doctor Lanyon

«La tarde del 9 de enero, hace ahora cuatro días, recibí por correo un sobre certificado, con la dirección escrita de puño y letra por mi amigo y viejo compañero de colegio Henry Jekyll. Aquello me sorprendió bastante, porque en modo alguno manteníamos el hábito de la correspondencia; ya había visto a este hombre, incluso había cenado con él la noche anterior, y no podía imaginar nada en nuestra relación que justificase la formalidad del certificado. El contenido acrecentó mi curiosidad, porque esto es lo que decía la carta:

"10 de diciembre de 18...

Querido Lanyon: eres uno de mis más viejos amigos y, aunque a veces hemos discrepado por razones científicas, no puedo recordar, al menos en lo que a mí respecta, ningún quebranto en nuestro afecto. No hubo un solo día en que si me hubieras dicho: 'Jekyll: mi vida, mi honor, mi razón dependen de ti', yo no hubiera sacrificado mi fortuna o mi mano izquierda por ayudarte. Lanyon: mi vida, mi honor, mi razón están enteramente a tu merced; si esta noche me fallas, estoy perdido. Quizá supongas que voy a pedirte algo deshonroso. Juzga por ti mismo.

Necesito que pospongas todo compromiso para esta noche, ni aunque hubiesen sido requeridos tus servicios para acudir al lecho de un emperador; que cojas un coche, a menos que el tuyo esté dispuesto en la puerta, y que, teniendo en mano esta carta para poder consultarte te dirijas directamente a mi casa. Poole, mi mayordomo, ha recibido las órdenes oportunas; lo encontrarás esperando tu llegada y acompañado de un cerrajero. Habrá que forzar la puerta de mi laboratorio; en él deberás entrar tú solo, abrir el armario de cristal (letra 'E') que está a mano izquierda, rompiendo la cerradura, si estuviese echada la llave, y sacar *con todo cuanto contiene y tal como está* el cuarto cajón contando desde arriba o (lo que es igual) el tercero desde abajo. Dado el estado de extrema angustia mental en que me encuentro, me asaltó el mórbido temor de darte alguna indicación equivocada; aunque así fuese, puedes dar con el cajón en cuestión mirando su contenido: unos polvos, un frasco y un libro de notas. Te suplico que regreses a Cavendish Square llevando contigo este cajón tal como está.

Esta es la primera parte del favor que te pido; he aquí la segunda: si vas a hacerlo inmediatamente después de recibir esta carta, estarás de vuelta bastante antes de medianoche; pero te dejo de margen ese lapso de tiempo, no sólo por temor a uno de esos obstáculos que no pueden ser prevenidos ni previstos, sino porque es preferible una hora en que tus criados estén durmiendo para lo que queda por hacer. Te pido, pues, que estés a medianoche solo en tu sala de consulta, que le abras personalmente la puerta de tu casa al hombre que se presentará en nombre mío y que pongas en sus manos el cajón que has traído contigo de mi laboratorio. Con esto habrás terminado tu actuación y ganado mi completa gratitud. Cinco minutos después, si insistes en una explicación, habrás sabido por qué estas medidas son de capital importancia, y que de descuidar una sola de ellas, por fantásticas que puedan parecerte, habrás cargado tu conciencia con mi muerte o el naufragio de mi razón.

Aunque confío en que no tomarás mi petición por una nimiedad, el solo pensamiento de esa posibilidad hace que mi mano tiemble y que mi corazón se hunda. Piensa en mí en esta hora, en un lugar extraño, inmerso en la negrura de una pesadumbre que ninguna fantasía puede exagerar, y sin embargo, bien consciente de que sólo poniendo en práctica puntualmente lo que te pido, mis problemas se desvanecerán como una historia después de contarla. Hazme este favor, querido Lanyon, y salva a

TU AMIGO, H. J.

P. D.: Había sellado ya esta carta cuando un nuevo terror me asaltó el alma. Es posible que me falle el servicio de correos y esta carta no llegue a tus manos hasta mañana por la mañana. En tal caso, querido Lanyon, cumple mi encargo cuando te resulte más conveniente durante el día, y una vez más aguarda a medianoche a mi mensajero. Puede que entonces sea demasiado tarde, y si esa noche pasa sin que nada acontezca, sabrás que nunca volverás a ver a Henry Jekyll".

Tras la lectura de esta carta, me convencí de que mi colega estaba loco; pero mientras eso no fuese probado sin sombra de duda, me sentí obligado a hacer lo que requería.

Cuanto menos entendía aquel farragoso asunto, menos capaz me sentía de juzgar su importancia, y una petición en tales términos no podía ser ignorada sin incurrir en grave responsabilidad. De acuerdo, pues, con aquellas instrucciones, me levanté de la mesa y alquilé un coche que me condujo directamente a casa de Jekyll. El mayordomo estaba esperando mi llegada; había recibido por el mismo correo que yo una carta certificada con instrucciones e hizo venir a un cerrajero y a un carpintero. Llegaron cuando nosotros aún seguíamos hablando, y todos juntos nos dirigimos al antiguo anfiteatro quirúrgico del doctor Denman, desde el cual (como estoy seguro que sabes) hay muy fácil acceso al gabinete privado de Jekyll. La puerta era muy sólida y excelente la cerradura; el carpintero reconoció que, si hubiera que hacer uso de la fuerza, eso le costaría gran trabajo y produciría considerables destrozos, y el cerrajero estaba al borde de la desesperación; pero era un tipo hábil, y tras dos horas de poner manos a la obra, la puerta se abrió. El armario etiquetado con la letra 'E' no tenía echada la llave; así pues, saqué el cajón, lo hice rellenar con paja, envolver en un lienzo y volví con él a Cavendish Square.

Aquí procedí a examinar su contenido. Los polvos estaban bastante bien preparados, aunque no con el primor de un químico profesional; de modo que era evidente que se trataba de una manufactura privada de Jekyll, y cuando abrí uno de los sobres, encontré lo que me pareció ser una simple sal cristalina de un color blanco. La redoma, a la que acto seguido volví mi atención, estaría quizá medio llena de un líquido de color rojo sangre, que despedía un olor muy penetrante, y me pareció contener fósforo y algún éter volátil. Respecto a los demás ingredientes, no pude hacer ninguna conjetura. El libro era un vulgar cuaderno de notas y no contenía más que una serie de datos. Estos cubrían un período de varios años, pero observé que las entradas cesaban abruptamente desde hacía casi uno. De cuando en cuando se añadía a un dato una observación, que usualmente se limitaba a una sola palabra: 'doble', que aparecía escrita quizá seis veces sobre un total de varios cientos de entradas, y una vez, muy al principio de la lista y entre varios signos de interjección: "¡¡¡fracaso total!!!". Aunque todo esto picó mi curiosidad, no me dijo nada que fuese definido. Ante mis ojos tenía una redoma con una cierta tintura, un papel con una cierta sal y el registro de una serie de experimentos que no había conducido (como tantísimas investigaciones de Jekyll) a ningún resultado de utilidad práctica. ¿Cómo podía la presencia de estos artículos en mi casa afectar al honor, a la salud o a la vida de mi inconstante colega? Si su mensajero podía ir a un determinado lugar, ¿por qué no podía ir él a otro? E incluso dando por supuesta la existencia de algún impedimento, ¿por qué tenía que ser recibido por mí en secreto el tal caballero? Cuanto más reflexionaba, más firme se hacía mi convencimiento de que se trataba de un caso de enfermedad mental, y aunque envié a la cama a mis sirvientes, cargué un antiguo revólver por si tuviera que defenderme.

Apenas acababan de oírse en Londres las campanadas de las doce, cuando sonó muy cautamente la aldaba de la puerta.

Abrí yo mismo y encontré a un hombrecillo agazapado entre los pilares del pórtico.

—¿Viene usted de parte del doctor Jekyll? —pregunté.

Me contestó un 'sí' con gesto cohibido, y cuando le invité a entrar, no me obedeció sin antes echar una escrutadora mirada a la oscuridad de la plaza. No muy lejos se divisaba a un policía con la linterna encendida avanzando hacia nosotros, y me pareció que, al verle, mi visitante se sobresaltó, apresurando la entrada.

Esos detalles, lo confieso, me impresionaron desagradablemente, y mientras le seguía hacia la sala de consulta, mejor iluminada, mi mano acariciaba la culata del revólver. Por fin tuve ocasión de verle con claridad. Si de algo estaba seguro, era de no haberle visto jamás. Era, como he dicho, pequeño. También me quedé impresionado por la chocante expresión de su cara, por su notable combinación de gran actividad muscular y apariencia de gran debilidad de constitución, y finalmente, aunque no en menor grado, por el extraño malestar que causaba su proximidad. Provocaba algo parecido a una incipiente parálisis, acompañada por una sensible caída del pulso. Al principio lo atribuí a una cierta aversión personal e idiosincrásica, y sólo me sorprendió la agudeza de los síntomas; pero desde entonces tengo razones para creer que la causa subyace más profundamente en la naturaleza del hombre y gira sobre un eje más noble que el principio del odio.

Esta persona (que desde el instante mismo de su entrada me impresionó con lo que sólo puedo describir como una curiosidad llena de disgusto) iba vestida de una manera que hubiera convertido en objeto de mofa a cualquier sujeto ordinario; sus prendas, aunque eran, por así decirlo, de elegante y sobria confección, le estaban desmesuradamente grandes: los pantalones colgaban de sus piernas enrollados para no tocar el suelo, la cintura de su chaqueta quedaba por debajo de sus caderas y las solapas le llegaban hasta los hombros. Por extraño que parezca al contarlo, este ridículo atavío estaba bien lejos de inducirme a la risa. Por el contrario, como había algo de anormal y de ab-

surdo en la esencia misma de la criatura que ahora me estaba mirando (algo sobrecogedor, sorprendente y repugnante), me pareció que esta nueva incongruencia encajaba con esa esencia y la reforzaba; así que a mi interés por la naturaleza y el carácter de aquel hombre, se añadió la curiosidad de saber algo de su origen, su vida, su fortuna y estado en el mundo.

Aunque anotarlas lleva su tiempo, estas observaciones fueron cosa de pocos segundos. Mi visitante estaba, ciertamente, sobre ascuas y poseído de una sombría excitación.

—¿Lo ha traído? —preguntó iracundo—. ¿Lo ha traído?

Tan viva era su impaciencia que llegó a poner su mano sobre mi brazo y trató de zarandearme.

Yo le rechacé, consciente de que su contacto helaba la sangre en mis venas.

—Cálmese, señor —le dije—. Olvida usted que no tengo el placer de conocerle. Tome asiento, por favor.

Y para dar ejemplo, me senté en mi sillón habitual, imitando lo mejor que pude mi conducta normal con un paciente, en la medida en que me permitían hacerlo lo tarde que era, la naturaleza de mis preocupaciones y el horror que me inspiraba mi visitante.

—Perdóneme, doctor Lanyon —replicó civilizadamente—. Tiene usted toda la razón en lo que dice, y mi impaciencia se ha adelantado a mi cortesía. Vengo aquí a instancias de su colega, el doctor Henry Jekyll, para un asunto de cierta importancia, y tenía entendido... —hizo una pausa y se llevó una mano a su garganta; pude ver cómo, a pesar de sus contenidos modales, luchaba contra la inminencia de un ataque de histeria—. Tenía entendido que un cajón...

Pero aquí sentí piedad por la angustia de mi visitante y quizá también, en alguna medida, por mi creciente curiosidad.

—Ahí está, señor —dije señalando al cajón, que estaba en el suelo, tras una mesa, aún cubierto con el lienzo.

Se abalanzó sobre él, luego se detuvo, llevándose la mano al corazón; pude oír cómo le castañeteaban los dientes por la compulsiva acción de sus mandíbulas, y su rostro adquirió un aspecto tan cadavérico que me sentí alarmado tanto por su vida como por su razón.

—Cálmese —le dije.

Se volvió hacia mí con una siniestra sonrisa y, como movido por la desesperación, apartó el lienzo. A la vista del contenido emitió un agudo sollozo de tan inmenso alivio que me quedé petrificado. Y al instante, con una voz que ya parecía haberse serenado, preguntó:

—¿Tiene un vaso graduado?

Sin contestarle, me levanté con esfuerzo y le di lo que pedía.

Me dio las gracias con una amable inclinación de cabeza, midió unas gotas de tintura roja y añadió uno de los polvos. La mezcla, que tenía al principio una tonalidad rojiza, comenzó a adquirir un color más brillante según se iban fundiendo los cristales, a efervescer perceptiblemente y a despedir pequeñas nubes de vapor. Súbitamente, y en ese mismo momento, la ebullición cesó, y el color del compuesto cambió a un púrpura oscuro que luego se difuminó lentamente hasta tornarse en un verde acuoso. Mi visitante, que había observado con atenta mirada estas metamorfosis, sonrió, puso el vaso sobre la mesa y luego se volvió a mí mirándome con aire escrutador.

—Y ahora —dijo—, aclaremos lo que queda por hacer. ¿Será usted prudente? ¿Querrá dejarse aconsejar? ¿Aceptará que me lleve este vaso que tengo en la mano y salga de su casa sin más conversación, o le domina ya el ansia de la curiosidad? Piénselo antes de contestar, pues se hará como usted decida. Si usted lo decide, quedará tal como estaba antes, ni más rico ni más sabio, a no ser que el sentimiento de haber prestado servicio a un hombre en peligro mortal pueda contarse como un tipo de riqueza del alma. O, si usted lo prefiere, una nueva provincia del conocimiento y nuevas avenidas conducentes al poder y a la fama se abrirán ante usted, aquí, en esta habitación, y en un instante, por un prodigio capaz de hacer tambalear la incredulidad de Satanás.

—Señor —dije fingiendo una frialdad que estaba lejos de poseer realmente—, usted habla en enigma, y espero que no le sorprenda que yo le escuche sin creer muy en serio lo que dice. Pero he llegado demasiado lejos en mi prestación de inexplicables servicios para detenerme ahora antes de presenciar el final.

—Bien —replicó mi visitante—. Lanyon, recuerda tu juramento: lo que va a suceder queda sellado por el secreto de nuestra profesión. Y ahora, tú, que por tanto tiempo te has vinculado a los puntos de vista más estrechos y materiales; tú, que has negado la virtud de la medicina trascendental; tú, que te has mofado de tus superiores, ¡mira!

Acercó el vaso a sus labios y lo apuró de un trago. Siguió un grito; luego giró sobre sí mismo, vaciló, se agarró a la mesa, en la que se sostuvo mirando fijamente con los ojos inyectados en sangre, jadeando con la boca abierta, y mientras yo le miraba, creí percibir un cambio; pareció hincharse, su rostro ennegreció de repente, sus rasgos parecían desdibujarse y alterarse, y al momento me levanté de un salto y retrocedí hasta apoyarme en la pared, levantando mi brazo como escudo protector ante aquel prodigio, presa mi mente del terror.

—¡Oh, Dios! —exclamé una y otra vez—. ¡Oh, Dios!

Porque allí, ante mis ojos, pálido y desencajado, medio desvanecido, buscando a tientas con las manos a su alrededor, como un hombre rescatado de la muerte... ¡allí estaba Henry Jekyll!

Lo que me dijo en la hora siguiente, soy incapaz de trasladarlo al papel. Vi lo que vi, oí lo que oí, y mi alma sintió náuseas por ello; sin embargo, ahora, cuando esa visión ha huido ya de mis ojos, me pregunto si lo creo y no puedo responder. Mi vida ha quedado sacudida de raíz; el sueño me ha dejado; a todas horas del día y de la noche me acompaña el más mortífero de los terrores; siento que mis días están contados y que voy a morir, y aun así moriré sin creerlo. En cuanto a la torpeza moral que ese hombre me demostró, incluso vertiendo lágrimas de penitencia, yo no puedo tenerla presente, ni siquiera en el recuerdo, sin un estremecimiento de horror. Sólo diré una cosa, Utterson, que será más que suficiente, si es que tu mente puede darle crédito. La persona que se coló en mi casa aquella noche, era conocida, según propia confesión de Jekyll, por el nombre de Hyde y perseguida por todos los rincones del país por el asesinato de sir Carew.

HASTIE LANYON».

CAPÍTULO X

Informe íntegro del caso por Henry Jekyll

Nací en el año 18..., heredero de una considerable fortuna y dotado además de excelentes cualidades, inclinado por naturaleza al trabajo, ávido por conseguir el respeto de los más sabios y grandes entre mis semejantes; tenía plenamente garantizado, como cualquiera podría suponer, un futuro honorable y distinguido. Y la verdad es que el peor de mis defectos era una cierta e impaciente disposición a la alegría de las diversiones que ha hecho felices a muchos, pero que yo encontré difícil de reconciliar con mi imperioso deseo de llevar alta la cabeza y mostrar ante el público un semblante más grave de lo común. La consecuencia fue que oculté mis placeres, y cuando alcancé los años de la reflexión y empecé a mirar a mi alrededor y a hacer balance de mi progreso y posición en el mundo, estaba ya comprometido en una profunda duplicidad de la vida. Muchos hombres hubieran incluso blasonado de las irregularidades de que yo era culpable; pero desde los altos objetivos que me había trazado, yo las miraba y escondía con un sentimiento casi mórbido de vergüenza. Fue más bien, por tanto, la exigente naturaleza de mis aspiraciones, y no la degradación particular de alguna de mis faltas, lo que me hizo ser lo que era y lo que separó en mí, abriendo una fosa aún más profunda que en la mayoría de las personas, esas parcelas del bien y del mal que dividen y componen la naturaleza dual del hombre. Semejante situación me condujo a reflexionar profunda e inveteradamente sobre esa dura ley de la vida que está instalada en la raíz de la religión y es una de las fuentes de donde más plenamente mana el dolor. A pesar de este doble juego mío, yo no era en ningún sentido un hipócrita, mis dos caras eran absolutamente sinceras; no era más yo mismo cuando daba de lado a cualquier restricción y me zambullía en la infamia que cuando trabajaba, a la luz del día, en fomentar el conocimiento y en aliviar penas y dolores. Y sucedió que la dirección de mis estudios científicos, totalmente orientados hacia lo místico y trascendental, dio un giro que arrojó intensa luz sobre esta conciencia de la perenne guerra entre mis miembros. Día tras día, y desde las dos dimensiones de mi inteligencia, la moral y la intelectual, me fui acercando así cada vez más a esa verdad por cuyo parcial descubrimiento he sido condenado a tan horrible naufragio: que el hombre no es verdaderamente uno, sino realmente dos. Digo dos porque el estado actual de mi conocimiento no va más allá. Otros seguirán, otros llegarán más lejos que yo en el recorrido de esas mismas líneas, y yo me aventuro a conjeturar que llegará el día en que se sabrá que el hombre es una mera sociedad de múltiples habitantes, incongruentes e independientes entre sí. Yo, por mi parte, dada la naturaleza de mi vida, avancé infaliblemente en una, y solamente una, dirección. Fue en el lado moral y en mi propia persona donde aprendí a reconocer la dualidad primitiva y total del hombre; a propósito de las dos naturalezas que contendían en el campo de mi conciencia, me percaté de que aun suponiendo que pudiera ser correcto decir que yo era cualquiera de ellas, eso sería sólo porque yo era radicalmente ambas; y desde muy temprana fecha, incluso antes de que el curso de mis descubrimientos científicos hubiera empezado a sugerir la más remota posibilidad de semejante milagro, había aprendido a contemplar con placer, como una ensoñación, la idea de la separación de estos elementos. Si cada uno, me decía, pudiera ser alojado en identidades separadas, la vida quedaría descargada de todo cuanto es insoportable; el elemento injusto podría seguir su camino, liberado de las aspiraciones y el remordimiento de su gemelo superior, y el elemento justo podría avanzar directa y seguramente por su ascendente ruta, haciendo las cosas buenas en las que encontrara placer, sin quedar expuesto a desgracia y penitencia por obra de aquel mal que le era extraño.

Era la maldición del género humano que estuviesen así atadas estas dos incongruentes gavillas, que continuamente tuvieran que luchar estos dos gemelos polares en las torturadas entrañas de la conciencia. ¿Cómo entonces disociarlos?

Estaba a esa altura de mis reflexiones cuando, como acabo de decir, una luz colateral, procedente de la mesa del laboratorio, comenzó a iluminar el asunto que me preocupaba. Comencé a percibir más profundamente que nadie antes de mí la trémula inmaterialidad, la transitoriedad, sutil como la niebla, de este cuerpo, tan sólido en apariencia, con el que andamos revestidos. Descubrí que ciertos agentes tenían el poder de sacudir y entreabrir esta carnal vestimenta, tal como puede agitar el viento las cortinas de un pabellón. Por dos buenas razones no entraré más a fondo en este apartado científico de mi confesión: en primer lugar, porque fatalmente he tenido que aprender que la condena y la carga de nuestra vida están atadas para siempre a las espaldas del hombre, y que si alguien intenta desprenderse de esa carga, esta vuelve a gravitar sobre nosotros con un peso más abrumador y más extraño; en segundo lugar, porque, como mi relato hará, ¡ay!, demasiado evidente, mis descubrimientos fueron incompletos. Basta, pues, decir que no sólo conseguí percatarme de que mi cuerpo natural no es más que simple aura y efluvio de algunas de las potencias que constituyen mi espíritu, sino que acerté a componer una droga por la que estas potencias podrían ser destronadas de su supremacía, mientras el cuerpo era sustituido por una segunda forma y semblante no menos naturales para mí por ser la expresión y portar el sello de elementos inferiores de mi alma.

Dudé mucho tiempo antes de poner esta teoría en práctica. Sabía bien que arriesgaba mi vida, pues una droga que controlaba y hacía tambalearse en sus cimientos la fortaleza misma de la identidad podría destruir totalmente, con el más mínimo escrúpulo que acarrease una sobredosis o la más leve inoportunidad en las circunstancias de su administración, el inmaterial tabernáculo que yo pretendía cambiar. Pero la tentación de un descubrimiento tan singular y profundo acalló finalmente mis temores. Hacía bastante tiempo que había preparado mi tintura; compré de una vez a una firma mayorista de productos químicos una importante cantidad de cierta sal que yo sabía, por mis experimentos, que era el último ingrediente requerido, y a altas horas de una maldita noche mezclé los elementos, observé cómo hervían y humeaban en el vaso, y cuando la ebullición se disipó, en un arranque de valor, me tragué la pócima.

Me sobrevinieron los más horribles dolores, un triturar de mis huesos, una náusea mortal y un horror del espíritu que ni en la hora del nacimiento ni en la muerte podría ser mayor. Luego esa agonía empezó a calmarse y me fui recobrando, como el que sale de una grave enfermedad. Había algo de extraño en mis sensaciones, algo indescriptiblemente nuevo y, por su novedad, increíblemente dulce. Me sentí más joven, más ligero, más feliz en cuanto al cuerpo, en cuyo interior era yo consciente de una embriagadora temeridad, de un salvaje torrente de sensuales imágenes que se arremolinaban tumultuosamente en mi imaginación; una disolución de los vínculos de la obligación, una desconocida, aunque no inocente, libertad del alma. Desde el primer aliento de esta nueva vida me supe más perverso, diez veces más perverso, un esclavo vendido a mi mal original, y aquel pensamiento, en aquel instante, me reconfortó y deleitó como el vino. Extendí mis manos, exultante por la frescura de aquellas sensaciones, y en el acto me di súbitamente cuenta de que había menguado de estatura.

Por aquella fecha no había espejo en mi habitación; el que hay ahora junto a mí mientras escribo, fue traído más tarde, con el exclusivo propósito de vigilar estas transformaciones. La noche, sin embargo, había dado paso a la madrugada (y esta, negra como era, estaba casi a punto de alumbrar el día); los moradores de mi casa, a aquella hora, estaban sumidos en los más profundos rigores del sueño, y decidí, ebrio como estaba de esperanza y de triunfo, aventurarme en mi nueva figura hasta mi dormitorio. Crucé el patio, donde las constelaciones me contemplaron desde el firmamento asombradas, diría yo, ante la primera criatura de tal índole que su insomne vigilancia les había descubierto; extraño en mi propia casa, me deslicé con sigilo por los corredores, y al llegar a mi cuarto vi por vez primera la apariencia de Mr. Hyde.

Aquí me veo obligado a hablar sólo en teoría y a decir no lo que sé, sino lo que supongo que es más probable. El lado malo de mi naturaleza, al que ahora había transferido el sello de la eficacia, era menos robusto y menos desarrollado que el lado bueno al que acababa de deponer. Ahora bien, en el curso de mi vida, que había sido, después de todo, en sus nueve décimas partes una vida de esfuerzo, virtud y control, ese lado había sido mucho menos ejercitado y estaba mucho menos agotado. Y eso explicaría, creo yo, que Edward Hyde fuera mucho más pequeño, más ligero y más joven que Henry Jekyll. De la misma manera que brillaba el bien en el semblante de uno, estaba clara y distintamente escrito el mal en el rostro del otro. Por añadidura, el mal (que debo aún seguir creyendo que es el lado letal del hombre) había dejado en aquel cuerpo una impronta de deformidad y decadencia. Y sin embargo, cuando vi reflejado en el espejo a aquel horrible ídolo, no tuve conciencia de sentir repugnancia, sino algo así como un sobresalto de bienvenida. Ese también era yo. Parecía natural y humano. A mis ojos poseía una imagen más viva del espíritu, parecía más singular y definido que aquella imperfecta y dividida semblanza que hasta entonces yo me había acostumbrado a llamar mía. Y en eso, indudablemente, no me faltaba razón. He observado que, cuando portaba la figura de Edward Hyde, nadie podía acercarse a mí sin que se estremecieran sus carnes. Pienso que ello se debe a que todos los seres humanos, tal como los conocemos, son una mezcla de bien y de mal, y Edward Hyde, único en todo el ámbito del género humano, era mal puro.

No me quedé más que un momento ante el espejo, pues tenía que poner en práctica el segundo y concluyente experimento; aún quedaba por ver si yo había perdido mi identidad más allá de toda redención y tendría que huir antes de que clarease de una casa que ya no sería la mía. Volviendo precipitadamente a mi gabinete, preparé la pócima y la bebí una vez más, sufrí de nuevo los estertores de la disolución y otra vez volví a ser yo mismo con el carácter, la estatura y el rostro de Henry Jekyll.

Aquella noche franqueé la fatal encrucijada. Si hubiera accedido a mi descubrimiento con un espíritu más noble, si hubiera corrido el riesgo del experimento mientras gravitase sobre mí el imperio de más generosas o piadosas aspiraciones, todo hubiera sido de otro modo, y de estas agonías de muerte y de nacimiento yo hubiera producido un ángel en lugar de un demonio. La droga no tenía acción discriminatoria, no era ni diabólica ni divina; se limitó a derribar las puertas de la cárcel de mi constitución, y como sucedió con los cautivos de *Philippi*[14], lo que estaba dentro salió fuera. Por aquel tiempo mi virtud dormitaba; lo que hay de mal en mí, que la ambición mantenía despierto, estaba alerta para asir rápidamente la ocasión, y la cosa que resultó proyectada fue Edward Hyde. Así pues, aun teniendo yo dos caracteres y dos aspectos, uno era totalmente malo y el otro seguía siendo el viejo Henry Jekyll, ese incongruente compuesto de cuya reforma y mejora yo había aprendido ya a desesperar. El movimiento estaba, por tanto, totalmente orientado hacia lo peor.

Ni siquiera a estas alturas de mi vida había logrado dominar mi aversión a la aridez de la vida de estudio. A veces me sentía dispuesto para la juerga, y como mis placeres eran (por decir lo menos) indignos y yo no sólo era bien conocido y altamente considerado, sino que me acercaba progresivamente a la ancianidad, esa incoherencia de mi vida se iba haciendo cada día más insoportable. Por este flanco fue por donde me tentó mi nuevo poder hasta hacerme caer en la esclavitud. Me bastaba apurar la copa para desprenderme del cuerpo del conocido profesor y echarme encima, como un grueso gabán, el de Edward Hyde. La sola idea me hacía sonreír; entonces, hasta se me antojaba que aquello tenía visos de humor, e hice mis preparativos cuidándolo todo metódicamente hasta el detalle. Alquilé y amue-

---

14 Paul y Silas fueron hechos prisioneros en Philippi por rezar. Después de un terremoto las puertas de la cárcel se derrumbaron, permitiéndoles escapar. *(N. del T.)*

blé aquella casa en el Soho a la que llegaría la policía siguiendo el rastro de Hyde, y contraté una ama de llaves de cuyo silencio y falta de escrúpulos tenía constancia. Por otra parte, comuniqué a mis sirvientes que un tal Mr. Hyde (cuya descripción les facilité) iba a tener plena libertad y plenos poderes en mi casa de la plaza, y para evitar contratiempos hice allí acto de presencia, revestido de mi segundo aspecto, hasta convertirme en objeto familiar. Acto seguido redacté aquel testamento al que tantos reparos pusiste, con el fin de que si algo me acontecía en la persona del doctor Jekyll, pudiera entrar en la de Edward Hyde sin pérdida pecuniaria. Parapetado así, según creía, por los cuatro costados, comencé a disfrutar de las extrañas inmunidades de mi posición.

Antes de mí, los hombres han alquilado matones para la ejecución de sus crímenes, mientras quedaban a salvo ellos y su propia reputación. Yo fui el primero que lo hizo para satisfacer sus placeres. Yo fui el primero que pudo continuar haciendo ostentación, ante la mirada pública, de una abrumadora carga de respetabilidad y despojarme al instante, como un chico de escuela, de estas prestadas prendas y zambullirme de cabeza en el mar de la libertad. Mas para mí, bajo el amparo de mi impenetrable manto, la seguridad era completa. Piénsalo: ¡ni siquiera existía! Me bastaba franquear la puerta de mi laboratorio, contar con uno o dos segundos para mezclar y apurar la droga que siempre tenía dispuesta, y Edward Hyde desaparecería como la huella del aliento de un espejo, cualesquiera que fueran los actos que hubiera cometido, y en su lugar, tranquilamente acomodado en casa, avivando la llama de la lámpara de su estudio, estaría Henry Jekyll, un hombre que se podía permitir el lujo de reírse de toda sospecha.

Los placeres que me apresuré a buscar bajo mi disfraz eran, como ya he dicho, indignos; no quisiera emplear un término más duro. Pero en las manos de Edward Hyde pronto se inclinaron hacia lo monstruoso. Cuando volvía de estas excursiones, con frecuencia quedaba sumido en una especie de pasmo ante mi vicaria depravación. Este familiar que yo, extrayéndolo de mi propia alma, produje con el exclusivo fin de satisfacer el placer a su antojo, era un ser inherentemente maligno y villano; todos sus actos y pensamientos giraban en torno a sí mismo; con bestial avidez, bebía el placer infligiendo a otros cualquier tipo de tortura, despiadado como un hombre de piedra. Henry Jekyll quedaba a veces horrorizado ante las acciones de Edward Hyde, pero la situación estaba fuera de las leyes ordinarias y relajó insidiosamente el poder de captación de la conciencia. Hyde, y sólo Hyde, era, después de todo, el culpable. Jekyll no se volvió peor, pues una y otra vez se despertaba con sus buenas cualidades al parecer incólumes; incluso se apresuró, cuando fue posible, a deshacer el mal hecho por Hyde. Y así se adormeció su conciencia.

No es mi intención entrar en los detalles de la infamia de la que fui cómplice (porque ni siquiera ahora puedo asegurar que yo la cometí). Me limitaré a consignar las señales de aviso de mi castigo y los sucesivos pasos que lo aproximaron. Me tropecé con un accidente que, por no arrastrar consecuencias, no haré más que mencionar. Un acto de crueldad con una niña atrajo sobre mí las iras de un transeúnte, al que reconocí el otro día como tu pariente; el médico y la familia de la niña se le unieron; hubo momentos en que temí por mi vida, y finalmente, para aplacar su más que justo enfado, Edward Hyde tuvo que traerlos a la puerta y pagarles con un cheque extendido en nombre de Henry Jekyll. Pero este peligro fue fácilmente eliminado abriendo una cuenta en otro banco a nombre del propio Edward Hyde, y cuando, inclinando hacia atrás mi letra, le hube proporcionado a mi doble una firma, creí estar a salvo de los golpes del destino.

Unos dos meses antes del asesinato de sir Danvers había salido a correr una de mis aventuras, de la que volví a altas horas de la noche, y al día siguiente me desperté en el lecho con sensaciones bastante extrañas. En vano miraba a mi alrededor; en vano contemplaba el suntuoso mobiliario y las amplias proporciones del dormitorio que poseía en mi mansión de la plaza; en vano reconocía el dibujo de las cortinas de la cama y el diseño del dosel de caoba; algo insistía en decirme que yo no estaba ahí donde estaba, que no me había despertado donde parecía estar, sino en el más angosto cuarto del Soho donde acostumbraba a dormir en el cuerpo de Edward Hyde. Me sonreí en mi interior y, dejándome llevar por mis hábitos psicológicos, empecé lánguidamente a investigar los elementos de aquella ilusión, mientras, a medida que lo hacía, volvía a caer de cuando en cuando en una confortable somnolencia matinal.

En esta tarea continuaba cuando, en uno de mis momentos de mayor vigilia, mi mirada vino a caer sobre mi mano. Ahora bien, la mano de Henry Jekyll (como has observado a menudo) era, por su figura y tamaño, la de un profesional: larga, firme, blanca y bien proporcionada. Pero la mano que ahora veía con bastante claridad, a la luz amarilla de la media mañana londinense, descansando a medio cerrar sobre las ropas de la cama, era flaca, sarmentosa, nudosa, de fea palidez y densamente sombreada de abundante vello. Era la mano de Edward Hyde.

Debí quedarme mirándola fijamente casi medio minuto, sumergido como estaba en el mero estupor del asombro, antes de que el temor despertase en mi pecho tan súbita e inquietantemente como un estrépito de címbalos, y arrojándome del lecho, me precipité hacia el espejo. Ante la imagen con que se toparon mis ojos, se transmutó mi sangre en algo exquisitamente fino y gélido. Sí, me había ido a la cama siendo Henry Jekyll y me había despertado siendo Edward Hyde. ¿Cómo, me pregunté, podía explicarse aquello? Pero enseguida, y con otro terrorífico sobresalto, volví a preguntarme: ¿cómo remediarlo? Ya era bien entrada la mañana; los criados estaban levantados y todas mis drogas se hallaban en el gabinete. Desde el lugar donde yo estaba, paralizado por el horror, había que recorrer un largo camino: bajar dos tramos de escalera, salir por la puerta trasera, cruzar el patio abierto y atravesar la sala de anatomía. Podía ciertamente cubrir mi rostro; pero, ¿de qué serviría eso si no podía disimular el cambio de mi estatura? Y entonces recordé, con un alivio de sobrecogedora dulzura, que los criados estaban acostumbrados a las idas y venidas de mi segundo yo.

Me vestí rápidamente y lo mejor que pude con ropa adecuada a mi tamaño, y pronto atravesé la casa, donde Bradshaw se quedó boquiabierto, dando un paso atrás al ver a aquella hora a Mr. Hyde y con tan extraña vestimenta; diez minutos más tarde, el doctor Jekyll había recobrado su propia figura y, con ceñudo talante, se sentó para fingir que tomaba el desayuno.

Escaso era, en verdad, mi apetito. Aquel inexplicable incidente, aquella inversión de mi anterior experiencia, parecía, como el babilónico dedo[15] en la muralla, deletrear la sentencia de mi condena, y empecé a reflexionar más seriamente que nunca sobre las perspectivas y posibilidades de mi doble existencia. Aquella parte de mí que yo tenía el poder de proyectar, había tenido, en la última temporada, muchas ocasiones para ejercitarse y nutrirse; me parecía últimamente como si el cuerpo de Edward Hyde hubiese aumentado de estatura, como si yo fuese consciente (mientras tenía esa forma) de un aflujo sanguíneo más generoso, y comencé a presentir el peligro de que, si aquello se prolongaba mucho más, podría destruirse permanentemente el equilibrio de mi naturaleza, perderse mi poder de cambiar voluntariamente y tornarse en irrevocablemente mío el carácter de Hyde. El poder de la droga no había sido siempre igualmente eficaz. Una vez, en uno de mis primeros intentos, me había fallado totalmente; desde entonces, me vi obligado a doblar la dosis en varias ocasiones, y en otra, corriendo un infinito peligro de muerte, a triplicarla; estas raras incertidumbres habían constituido, sin embargo, la única sombra que oscurecía mi contento. Ahora, en cambio, y a la luz del accidente de aquella mañana, me vi obligado a reconocer que mientras al comienzo la dificultad había consistido en desembarazarme del cuerpo de Jekyll, al final, y de modo gradual pero decidido, se estaba transfiriendo al lado contrario. Todas las cosas parecían indicar, por tanto, que estaba perdiendo lentamente el control

---

[15] En Daniel, 5, la muerte del rey Belshazzar es profetizada por Daniel en su interpretación de la escritura sobrenatural en un muro, creada por «dedos de la mano de un hombre». *(N. del T.)*

de mi yo original y que lentamente se me estaba incorporando mi segundo y peor yo.

Sentí que tenía que escoger entre uno y otro. Mis dos naturalezas tenían la memoria en común, pero todas las demás facultades estaban en su mayoría desigualmente repartidas entre ambas. Jekyll (que era un compuesto), ora con la más sensible aprehensión, ora con voraz deleite, proyectaba y compartía los placeres y aventuras de Hyde; pero a Hyde, Jekyll le era indiferente, o sólo se acordaba de él como recuerda el bandido del monte la caverna en que se oculta de sus perseguidores. El interés de Jekyll era más grande que el de un padre; la indiferencia de Hyde era más grande que la de un hijo. Unir mi suerte a la de Jekyll era renunciar a aquellos apetitos a los que hacía tiempo que otorgué indulgencia y que finalmente había comenzado a mimar. Unirla a la de Hyde era renunciar a mil intereses y aspiraciones y volverme, de una vez y para siempre, un sujeto despreciado y sin amigos. El balance podría parecer desigual; pero aún había que tener en cuenta otra consideración, pues mientras Jekyll sufriría con plenitud de conocimiento el fuego de la abstinencia, Hyde ni siquiera se daría cuenta de todo lo que habría perdido. Por extrañas que fuesen mis circunstancias, los términos de este debate son tan antiguos y comunes como el hombre; en gran medida, los mismos incentivos y alarmas deciden la suerte de cualquier pecador que se enfrenta tembloroso a la tentación, y vino a ocurrirme lo que le ocurre a la gran mayoría de mis semejantes: que elegí la parte mejor, pero me faltó el vigor para mantener esa decisión.

Sí, preferí al anciano e insatisfecho doctor, rodeado de amigos y acariciando honestas esperanzas, y di un resuelto adiós a la relativa juventud, a la libertad de movimientos, a la acelerada pulsación y a los secretos placeres de que gozaba bajo el disfraz de Hyde. Y tomé esta decisión quizá con una cierta reserva inconsciente, porque ni abandoné la casa del Soho ni destruí las ropas de Edward Hyde, que aún colgaban en mi gabinete. Por dos meses, sin embargo, fui fiel a mi determinación; por dos meses llevé una vida más severa que nunca y gocé de las compensaciones de una conciencia aprobatoria. Pero el tiempo comenzó finalmente a sofocar la viveza de mis alarmas; los halagos de la conciencia se volvieron rutina; empecé a sentir la tortura de vehemencias y agonías, como si Hyde estuviese luchando por la libertad, y al final, en un momento de debilidad moral, volví una vez más a componer y apurar el transformador brebaje.

Supongo que cuando un borracho razona consigo mismo sobre su vicio, sólo una de cada quinientas veces se siente afectado por los peligros que le hace correr su brutal insensibilidad física; tampoco yo, por mucho que reflexioné sobre mi situación, tuve suficientemente en cuenta la absoluta insensibilidad moral y la insensata prontitud para el mal que eran los rasgos característicos dominantes de Edward Hyde. Y, sin embargo, a ellos debo mi castigo. Mi demonio, desde hacía tiempo enjaulado, salió rugiendo de su encierro. Yo era consciente, incluso en el momento mismo de ingerir la droga, de una propensión al mal más desenfrenada y furiosa. Esto tiene que haber sido, supongo, lo que desencadenó en mi alma aquella tempestuosa impaciencia con que escuché las corteses palabras de mi desafortunada víctima; declaro al menos, ante Dios, que ningún hombre moralmente sano podría haber sido reo de semejante crimen por tan nimia provocación, y que lo golpeé con la misma falta de juicio con que pudiera un niño enfermo romper su juguete. Pero yo me había despojado voluntariamente de todos esos instintos compensadores merced a los cuales incluso el peor de nosotros prosigue su camino con un cierto grado de firmeza entre las tentaciones, y en mi caso una tentación, por leve que fuese, era fatalmente una caída.

Al instante despertó en mí el espíritu del infierno, bramando embravecido. Con un arrebato de júbilo, apaleé al indefenso cuerpo, saboreando con deleite cada golpe, y sólo cuando, en la cumbre de mi delirio, empecé a notar señales de fatiga, me sobrecogió de repente un frío estremecimiento de terror en el corazón. Al dispersarse aquella niebla, me di cuenta de que mi vida estaba perdida y huí de la escena de aquellos sucesos, gloriándome y temblando a un mismo tiempo, satisfecha y estimulada mi ansia de mal, y más hondo que nunca arraigado mi amor a la vida. Corrí a la casa del Soho y (para redoblar la seguridad) destruí mis papeles; luego salí a la calle, alumbrada por las farolas, con el alma presa del mismo y dividido éxtasis, regocijándome en mi crimen, planeando atolondradamente otros, y sin embargo acelerando la marcha, al tiempo que ponía mis cinco sentidos al acecho de los pasos del vengador. Hyde tenía una canción en los labios mientras mezclaba la droga, que bebió brindando por el difunto. Apenas se habían disipado las agonías de la transformación, cuando ya estaba Henry Jekyll postrado de rodillas, con un torrente de lágrimas de gratitud y remordimiento, alzando a Dios sus manos entrelazadas. Se rasgó de arriba abajo el velo de la autoindulgencia y contemplé la totalidad de mi vida: la seguí desde los días de la niñez, cuando caminaba de la mano de mi padre, a través de las abnegadas fatigas de mi vida profesional, hasta llegar una y otra vez, con el mismo sentido de irrealidad, a los malditos horrores de aquella noche. A punto estuve de prorrumpir en estentóreos gritos, pero intenté aplacar con lágrimas y oraciones la hedionda multitud de imágenes y sonidos con que me acosaba mi memoria, y entre mis impetraciones, sin embargo, continuaba clavando sus ojos en mi alma la horrible faz de mi iniquidad. Cuando la agudeza de ese remordimiento comenzó a extinguirse, vino a sucederla un sentimiento de júbilo. El problema de mi conducta estaba resuelto. A partir de entonces era imposible Hyde; lo quisiera o no, yo estaba ahora confinado a la mejor parte de mi existencia. ¡Oh, cómo me regocijé pensándolo! ¡Con qué voluntaria humildad volví a abrazar las restricciones de la vida natural! ¡Con qué sincera renuncia eché la llave, que después pisoteé, de la puerta por la que tantas veces había entrado y salido!

Al día siguiente circuló la noticia de que hubo testigos del asesinato, de que la culpabilidad de Hyde era manifiesta para todo el mundo y de que la víctima era un hombre que gozaba de alta estima en la opinión pública. No sólo fue un crimen, había sido una trágica locura. Creo que me alegré de saberlo; creo que me alegré de que el terror a la horca viniese a prestar así refuerzo y custodia a mis mejores impulsos. Jekyll era ahora mi ciudad de refugio; si Hyde asomara la cabeza por un instante, todo el mundo alzaría sus manos para prenderlo y quitarle la vida.

Resolví redimir el pasado con mi conducta futura, y puedo decir honradamente que mi resolución tuvo por fruto algún bien. Tú sabes cuán en serio me esforcé en los últimos meses del año pasado en aliviar el sufrimiento ajeno; te consta que hice mucho por mis semejantes y los días pasaron tranquilamente, incluso felizmente, para mí. Ni tampoco puedo decir honradamente que aquella vida caritativa e inocente me produjera algún hastío; creo, por el contrario, que mi deleite era más completo cada día; pero aún estaba maldito por mi dualidad de propósito, y cuando se borró el filo de mi primer arrepentimiento, la parte más baja de mí, con la que tanto tiempo fui indulgente, y tan recientemente encadenada, empezó a gruñir pidiendo licencia. No es que yo soñara con resucitar a Hyde; no, fue en mi propia persona donde una vez más sentí la tentación de jugar con mi conciencia, y fue como un ordinario y secreto pecador como caí finalmente ante los asaltos de la tentación.

Pero a todo le llega su fin; la medida con más capacidad termina por colmarse, y esta breve condescendencia con lo que hay de mal en mí destruyó finalmente el equilibrio de mi alma. Sin embargo, yo no estaba alarmado; la caída parecía natural, como un retorno a los viejos días anteriores a mi descubrimiento. Era un hermoso y claro día de enero, con el suelo mojado por la escarcha fundida, pero despejado de nubes el cielo, y el Regent's Park bullía con el piar de los pájaros de invierno y los dulces aromas primaverales. Me senté en un banco al sol; el animal oculto en mí lamía las sanguinolentas heridas del recuerdo, mientras el lado espiritual, levemente adormilado, prometía futura penitencia, pero sin decidirse a empezar. Después de todo, pensaba yo, soy igual que mis semejantes, y sonreí entonces al compararme con los demás hombres, al comparar mi activa benevolencia con la lánguida crueldad de su negligencia. Y en el instante mismo en que me vanagloriaba con este pensamiento, me sobrevino una sacudida, acompañada de una horrible náusea y el más mortal de los escalofríos. Estos síntomas me dejaron en un estado de desvanecimiento, pasado el cual comencé a darme cuenta de un cambio en la índole de mis pensamientos, de una mayor audacia, de un desprecio del peligro y de que se desataban los lazos de la obligación. Bajé la vista: mis ropas colgaban informes de mis encogidos miembros; la mano que se apoyaba en mi rodilla era velluda y sarmentosa. Una vez más yo era Edward Hyde. Un momento antes tenía garantizado el respeto de todos; era rico y amado, con la mesa puesta en casa para la cena, y ahora era presa común del género humano, acosado, sin hogar, un notorio asesino, carne de horca.

Mi razón vaciló, pero no me abandonó del todo. Más de una vez había observado que, en mi segunda personalidad, mis facultades parecían agudizarse hasta el extremo y mi ánimo tornarse más tenso y elástico; así sucedió que, donde Jekyll quizá hubiera podido sucumbir, Hyde estuvo a la altura de las circunstancias. Mis drogas estaban en uno de los armarios de mi gabinete; pero, ¿cómo llegar a ellas? Este era el problema que (apretando las manos contra mis sienes) tenía que resolver por mí mismo. Yo había cerrado la puerta del laboratorio. Si intentaba entrar en casa, mis propios sirvientes me entregarían a la horca. Comprendí que tenía que utilizar a alguien y pensé en Lanyon. ¿Cómo llegar a él? ¿Y cómo persuadirle? Suponiendo que lograse evitar que me capturasen por la calle, ¿cómo acceder a su presencia? ¿Y cómo podía yo, un desconocido y nada grato visitante, convencer al famoso médico para que irrumpiera en el laboratorio de su colega, el doctor Jekyll? Entonces recordé que conservaba un rasgo de mi personalidad original: podía escribir con mi puño y letra, y una vez que prendió en mi mente aquella consoladora chispa, quedó iluminado de un extremo a otro el camino a seguir.

Así pues, arreglé mis ropas lo mejor que pude, alquilé un coche que pasaba por allí y me dirigí a un hotel de la calle de Portland, cuyo nombre recordé por casualidad. El cochero no pudo disimular su regocijo ante mi facha (que era por cierto bastante cómica, aunque aquella indumentaria envolviese un trágico destino). Rechiné los dientes con una mueca de diabólica furia y la sonrisa se desvaneció de su rostro, felizmente para él, aunque también para mí, pues un instante más y estoy seguro de que le hubiera arrojado del pescante. Cuando entré en el hotel, miré a mi alrededor con tan adusto semblante que hice temblar al personal de servicio; sin cambiar entre ellos una sola mirada en mi presencia, atendieron obsequiosamente mis órdenes, me condujeron a mi habitación y me trajeron lo necesario para escribir. Cuando su vida peligraba, Hyde era una criatura nueva para mí: sacudido por arrebatos de desordenada furia, excitado hasta el borde del asesinato y deseoso de infligir dolor. Sin embargo, la criatura era astuta; dominó su furia con un gran esfuerzo de voluntad, redactó dos importantes cartas, una para Lanyon y otra para Poole, y para poder tener garantía de su curso postal, las envió certificadas a sus direcciones.

A partir de ese momento aguardó sentado todo el día junto al fuego de su habitación, mordiéndose las uñas; allí cenó, sentado a solas con sus pensamientos, haciendo temblar visiblemente al camarero con su mirada, y luego, cuando ya se hizo completamente de noche, él se instaló en un rincón de un coche cerrado, dejándose conducir sin rumbo fijo por las calles de la ciudad. Él, digo, pues no puedo decir yo. Aquel hijo del Infierno no tenía nada de humano; nada sino miedo y odio alentaba en su interior. Y cuando finalmente, pensando que el cochero había empezado a sospechar, despidió el coche y se aventuró a pie, envuelto como un ridículo reclamo por sus ropas, entre el nebuloso enjambre de viandantes nocturnos, esas dos rudas pasiones se agitaban en su pecho como una tormenta. Caminó deprisa, acosado por sus temores, charlando consigo mismo, internándose por las callejuelas menos transitadas y contando los minutos que faltaban para la medianoche. En algún momento le habló una mujer, para ofrecerle, creo, una caja de cerillas. Él le cruzó la cara con una bofetada y ella huyó.

Cuando volví a mi ser en casa de Lanyon quizá me afectara el horror manifestado por mi viejo amigo, no lo sé; al menos fue sólo una gota en el mar de aborrecimiento con que yo miraba retrospectivamente aquellas horas. Un cambio se había operado en mí. Ya no era el miedo al patíbulo, sino el horror de ser Hyde lo que me atormentaba. Escuché medio en sueños la condena de Lanyon y medio en sueños volví al hogar, a mi propia casa, y me metí en la cama. Tras los agotadores incidentes del día dormí tan intensa y profundamente que ni las alucinantes pesadillas lograron interrumpir mi sueño. Desperté a la mañana siguiente aún conmocionado, debilitado, pero repuesto. Aún odiaba y temía al pensamiento del bruto que dormía dentro de mí, y por supuesto que no había olvidado los tremendos peligros del día anterior; pero estaba de nuevo en casa, en mi propia casa y cerca de mis drogas, y la gratitud por mi escapatoria lucía con tal intensidad en mi alma que casi rivalizaba con el brillo de la esperanza.

Paseaba tranquilamente por el patio después del desayuno, aspirando con deleite el frescor del aire, cuando volvieron a asaltarme aquellas indescriptibles sensaciones que presagiaban el cambio, y apenas si tuve tiempo de ganar la protección de mi gabinete antes de que mi rabia y mi crispación volvieran a desatar las pasiones de Hyde. En esta ocasión necesité doble dosis para recobrar mi ser; pero, ¡ay!, seis horas después, cuando estaba sentado mirando tristemente el fuego, retornaron las angustias y la droga tuvo que ser readministrada. En suma, desde aquel día pareció que sólo merced a un colosal esfuerzo, pude conservar mi aspecto de Jekyll. A cualquier hora del día o de la noche me podía asaltar el premonitorio escalofrío; sobre todo si me dormía, o incluso si me amodorraba por unos instantes en mi sillón, despertaba invariablemente como Hyde. Bajo la tensión de esta amenaza que continuamente pendía sobre mí y por el insomnio al que yo mismo me condené en tal situación, mi persona se tornó, más allá, ¡ay!, de cuanto había creído humanamente posible, en una criatura devorada y consumida por la fiebre, lánguidamente debilitada de cuerpo y mente, y ocupada tan sólo por un pensamiento: el horror de mi otro yo. Pero cuando me dormía, o cuando cesaba la virtud de la droga, caía presa, sin apenas transición (pues las angustias de la transformación eran menos perceptibles cada día) de una fantasía pletórica de imágenes, de un alma que hervía con inmotivados rencores y un cuerpo que no parecía disponer del vigor suficiente para contener las rabiosas energías de la vida. Los poderes de Hyde parecían haberse acrecentado con la enfermedad de Jekyll. Y, ciertamente, el odio que ahora los dividía era igual por ambas partes. En Jekyll era una cuestión de instinto vital. Ahora había visto toda la deformidad de esa criatura que compartía con él algunos fenómenos de la conciencia y era coheredera con él de la muerte; y por encima de aquellos comunes vínculos, que eran la parte más dolorosa de su desdicha, pensaba en Hyde, con todas sus energías vitales, como algo no sólo infernal sino inorgánico. Esto era lo escandaloso: que el limo del pantano emitiera gritos y voces; que el polvo amorfo gesticulara y pecara; que lo que era muerto y no tenía forma usurpara los oficios de la vida. Y a ello había que añadir que aquel insurgente horror estaba atado a él más íntimamente que una esposa, más íntimamente que un ojo; aquello estaba enjaulado en su carne, donde le escuchaba gimotear y le sentía pugnar por su nacimiento, y que aprovechaba todo momento de debilidad y la confianza del sueño para imponerse y destituirlo de la vida. El odio de Hyde a Jekyll era de un orden diferente. Su terror a la horca le impulsaba de continuo a suicidarse temporalmente, retornando a su lugar de subalterno y dejando de ser persona; pero aborrecía aquella necesidad, aborrecía el abatimiento en el que ahora se hallaba sumido Jekyll y estaba resentido por el disgusto con que era mirado. De ahí los simiescos ardides que me gastaba, garabateando con mi letra blasfemias en las páginas de mis libros, quemando las cartas y destruyendo el retrato de mi padre, y ciertamente, si no hubiera sido por su miedo a la muerte, hace tiempo que se habría destruido a sí mismo con tal de arrastrarme a mí a la destrucción. Pero tan asombroso es su amor a la vida, que me atrevería a decir que yo, que me pongo enfermo y siento escalofríos con sólo pensar en Hyde, encuentro que mi corazón se apiada de él al considerar lo abyecto y apasionado de ese apego y al darme cuenta del pánico que le infunde mi poder de suprimirlo mediante el suicidio.

Sería inútil, puesto que el tiempo apremia, prolongar esta descripción; baste decir que nadie ha sufrido jamás semejantes tormentos. Sin embargo, el hábito ha traído con ellos, no alivio, desde luego, pero sí un cierto encallecimiento del alma, una cierta aquiescencia a la desesperación, y mi castigo podría haber durado años, de no ser por la última calamidad que acaba de sucederme y que me ha despojado finalmente de mi propio rostro y naturaleza. Mi provisión de sales, que nunca había renovado desde el primer día del experimento, empezó a agotarse. Envié a por un nuevo suministro y compuse la droga; se produjo la ebullición y el primer cambio de color, pero no el segundo; la bebí y no tuvo efecto. Sabrás por Poole cómo rebusqué por todo Londres; fue en vano, y ahora estoy persuadido de que mi primer suministro era impuro y de que fue esa desconocida impureza la que prestó eficacia a la droga.

Ha transcurrido aproximadamente una semana y ahora estoy acabando este testimonio bajo la influencia de la última dosis de las primeras sales. Este es, pues, si no sobreviene un milagro, el último instante en que Henry Jekyll puede pensar sus pensamientos o ver su propia faz (¡cuán tristemente desfigurada ahora!) en el espejo. No debo demorar demasiado la terminación de mi escrito, porque si mi relato ha escapado hasta ahora de la destrucción, ha sido por una combinación de extrema prudencia y extremada buena suerte. Si la agonía del cambio me sobreviniese en el acto mismo de escribirlo, Hyde lo haría trizas; pero una vez que haya pasado algún tiempo después de que yo la deje, su asombroso egoísmo, circunscrito al momento, probablemente salvará una vez más a esta narración de su siniestro rencor. Y, a decir verdad, la fatalidad que se cierne sobre nosotros dos ya lo ha cambiado y abatido. Sé que dentro de media hora, cuando de nuevo, y para siempre, revista esa odiada personalidad, estaré sentado, trémulo y lloroso, en mi sillón, o continuaré deambulando interminablemente de una pared a otra de este aposento (mi último refugio terrenal), mientras presto oídos con el mayor sigilo atendiendo, en un rapto de tensión y pánico, al más leve ruido de amenaza. ¿Morirá Hyde en el patíbulo o llegará a tener, en el último instante, el valor de liberarse de sí mismo? Dios lo sabe, a mí me trae sin cuidado; esta es la verdadera hora de mi muerte, y lo que venga después le concierne a otro que no soy yo. Aquí pues, mientras dejo la pluma y procedo a sellar mi confesión, pongo fin a la vida del desdichado Henry Jekyll.

LOS HOMBRES DICHOSOS

Mi querida Lady Taylor[1]*:*

A tu nombre, si lo escribiera en una placa, no podría añadirle nada; ya ha sido escrito de tan elevada manera que yo no podría soñar con alcanzarlo por una mano fuerte y querida, y si ahora te dedico estos cuentos, no lo hago como escritor que dedica su obra, sino como el amigo que te recuerda su cariño.

ROBERT LOUIS STEVENSON.
Skerryvore[2] *(Bournemouth).*

---

[1] Esposa de Sir Henry Taylor: Los Taylor eran amigos de los Stevenson en Bournemouth. Según McLynn, la amistad entre Lady Taylor y Fanny Stevenson nació porque compartían el gusto por la hipocondría.

[2] La casa de Bournemouth fue comprada por Thomas Stevenson para su hijo en 1885 y la llamaron igual que el faro construido por su familia.

CAPÍTULO PRIMERO
La isla de Aros

Era una mañana preciosa de finales de julio cuando estuve en Aros por última vez. Había desembarcado de un bote la noche anterior en Grisapol; desayuné todo lo que pudo ofrecerme la pequeña posada donde me hospedaba; dejé allí todo el equipaje hasta que tuviese ocasión de volver por mar a recogerlo, y me encaminé alegre y animado a través del terreno.

Lejos de ser nativo de estos parajes, procedía de un linaje sin mezcla de las tierras bajas de Escocia. Pero un tío mío, Gordon Darnaway, tras una juventud dura y pobre y algunos años en el mar, se casó con una joven de las islas: Mary Maclean se llamaba, y era la benjamina de la familia. Cuando murió al dar a luz a su hija, Aros, la granja, rodeada por el mar, pasó a ser propiedad de mi tío. Le proporcionaba sólo lo justo para vivir, como bien podía yo darme cuenta; era un hombre al que perseguía la mala fortuna. Tenía miedo, imposibilitado como estaba por la criatura, de hacer de la vida una nueva aventura, y se quedó en Aros, mordiéndose las uñas en espera del destino. Los años pasaron en aquel aislamiento y no le trajeron ni ayuda ni satisfacciones. Mientras tanto, mi familia iba malviviendo en las tierras bajas. Había poca suerte para los de esa raza, y quizá mi padre fuese el más afortunado de todos, porque no sólo fue uno de los últimos en morir sino que, además, tras él dejó a un chico con su nombre y algo de dinero para mantenerse. Fui a estudiar a la Universidad de Edimburgo y tuve suficiente para vivir a mis propias expensas, aunque sin parientes ni amigos. Un buen día llegaron noticias sobre mí a oídos de mi tío Gordon, en el cerro de Gross (Grisapol), y como era un hombre que concedía gran importancia a los lazos de sangre, me escribió el mismo día que se enteró de mi existencia diciéndome que considerase Aros como mi hogar. Así fue como empecé a pasar las vacaciones en aquella parte del país, lejos de toda civilización y comodidades, entre bacalaos y cercetas, y así fue que al acabar las clases, volvía allí un día de julio, lleno de júbilo.

El Ross, como lo llamamos nosotros, es un promontorio ni muy ancho ni muy alto, pero escarpado como Dios lo creó. A cada lado se encuentra el mar profundo lleno de escabrosas islas y arrecifes, un verdadero peligro para los marineros; todo esto se divisaba desde la costa este, desde algún acantilado muy alto o desde el gran pico de Ben Kyaw. *La montaña de la niebla,* dicen que significa en lengua gaélica, y está bien llamado porque en la cima, a más de tres mil pies de altura, se concentran todas las nubes arrastradas por el viento del Este. Yo solía pensar que era la propia montaña la que las creaba, pues incluso cuando todo el cielo estaba despejado hasta el nivel del mar, había siempre una hilera de ellas sobre el Ben Kyaw. También traía agua, y en consecuencia la cima estaba cubierta de musgo. He visto, mientras estábamos sentados en el Ross bajo un sol brillante, cómo caía sobre la montaña una lluvia negra como un crespón. Pero esta humedad la hacía aún más bonita a mis ojos, porque cuando los rayos de sol caían sobre las laderas, muchas rocas mojadas y el curso de las aguas brillaban como joyas y se podían ver desde tan lejos como Aros, a quince millas de distancia.

La carretera que yo iba siguiendo era un camino de ganado. Daba tantas vueltas que duplicaba la distancia de mi recorrido; subía por peñas escabrosas, con lo que uno tenía que saltar de una a otra sobre un suelo suave donde el musgo llegaba casi hasta las rodillas. No había cultivos por ningún lado y no se veía ni una sola casa a lo largo de las diez millas desde Grisapol a Aros. Alguna casa, por supuesto que había; al menos tres, pero estaban de tal forma desperdigadas a un lado y a otro que alguien ajeno a aquellos parajes no podría encontrarlas desde el camino. Gran parte del Ross está cubierto de enormes piedras de granito, algunas de ellas mayores que una casa de dos habitaciones, una junto a otra, con helechos y brezos entre ellas, por donde respiraban las víboras. Fuera como fuese el viento, había siempre aire marítimo, tan salado como en un barco; las gaviotas volaban libres como aves del páramo por todo el Ross, y cuando el camino ascendía un poco, la vista se iluminaba con el reflejo del mar. En un día de viento y de mucha marea, desde tierra y entre la niebla se podía escuchar, como si de una batalla se tratara, el rugir del Gran Remolino en su recorrido alrededor de Aros. También se oían las voces de los rompientes, enormes y temibles, a los que solíamos llamar *Los Hombres Dichosos.*

Aros, en sí (Aros Jay, he oído llamarle a los nativos, que significa *La Casa de Dios),* no era propiamente una parte del Ross, aunque tampoco se podía considerar propiamente una isleta. Formaba la esquina oeste del territorio, encajaba perfectamente y quedaba separada del mar por un pequeño estrecho que no llegaba a cuarenta pies en su parte más angosta. Cuando la marea estaba alta, aparecía claro y quieto como el remanso de un río. Sólo se percibía un cambio en las algas y los peces, y el agua misma quedaba verde en lugar de marrón; pero cuando bajaba la marea, en el menguante, durante uno o dos días al mes se podía pasar a pie desde Aros a tierra firme. Había buen pasto, donde se alimentaban las ovejas de las que vivía mi tío. Quizá el pasto fuese allí mejor porque el terreno era más alto en la isleta que en la mayor parte del Ross, pero no estoy lo suficientemente informado para afirmarlo. La casa, de dos pisos de altura, era idónea como casa de campo. Estaba orientada hacia el oeste sobre la bahía; había un embarcadero al lado para un bote y desde la puerta se podía ver la niebla que cubría Ben Kyaw.

En toda esta parte de la costa, y especialmente cerca de Aros, estas enormes rocas de granito de las que he hablado descienden en tropel hasta el mar, como el ganado en un día de verano. Allí se alzan ante el mundo entero, como lo hacen sus vecinas en tierra, sólo que entre ellas se extiende el sollozo del agua salada en lugar del silencio de la tierra y en sus laderas florecen coágulos de mar rosa en lugar de brezo; anguilas gigantes forman trenzados en el fondo, en lugar de las víboras venenosas de la tierra. En los días tranquilos, uno podía vagar con el bote durante horas alrededor de ellas y sentir los ecos siguiéndole a través del laberinto; pero con marea alta, ¡que el cielo se apiade del hombre que escucha aquella caldera hirviendo!

Hacia el extremo suroeste de Aros estos bloques son muy numerosos y su tamaño mucho mayor. Seguro que alcanzan tamaños monstruosos en alta mar, ya que a lo largo de unas diez millas de mar abierto se ven diseminados de forma continuada, como una extensión de campo con casas, algunos erguidos a treinta pies por encima de las mareas, otros cubiertos, y todos igualmente peligrosos para los barcos. En días claros, con viento del oeste, he podido contar desde lo alto de Aros hasta cuarenta y seis arrecifes enterrados sobre los que rompían olas gigantes, blancas y pesadas. Pero es más cerca de la costa donde el peligro es mayor, porque la marea corre en esa zona como un canal de molino, formando un gran cinturón de agua turbulenta, un *Remolino,* lo llamamos, en la cola de la tierra. A menudo, en días muy tranquilos he estado ahí fuera, sobre el repunte de la marea, y es un sitio extraño, donde las olas rompen furiosas y el agua, en forma de cascada, parece estar hirviendo en una caldera. Una y otra vez se oye el ligero y danzante sonido de un murmullo, como si el *Remolino* estuviese hablando consigo mismo. Pero cuando la marea empieza a coger fuerza, y sobre todo si hace mal tiempo, no hay hombre que pueda atravesar ni media milla en un bote, ni barco a flote capaz de timonear o sobrevivir en aquel lugar; se puede oír su rugido a seis millas de distancia. En la parte más alejada hacia el mar se encuentran los torrentes más fuertes. Es aquí, precisamente donde los rompientes se unen para interpretar lo que se puede llamar el baile de la muerte, y adoptaron el nombre, en estos parajes de *Los Hombres Dichosos.* He oído decir que llega hasta los cincuenta pies de altura, pero eso debe de ser sólo el agua verde, porque la espuma sube dos veces más. Si lo llaman así por la rapidez y ligereza de sus movimientos o por los gritos que se oyen cuando retrocede la marea, que hacen temblar todo Aros, es algo que no sé.

La verdad es que con viento del suroeste esa parte del archipiélago es un auténtico cepo. Si un barco lograse atravesar los arrecifes y resistir a *Los Hombres Dichosos* aparecería en la costa sur de Aros, en la bahía de Sandag, donde tantas cosas deplorables (que tengo intención de relatar) sucedieron a mi familia. El pensar en todos estos peligros en un sitio que conozco desde hace tanto tiempo hace que celebre especialmente los trabajos que se están llevando a cabo para poner luces en los cabos y boyas a lo largo de los canales de estas inhóspitas islas cercadas con hierro.

La gente del campo conocía una historia sobre Aros que a mí me solía contar Rorie, un viejo criado de mi tío y de los Macleans, que pasó a su servicio sin pensárselo dos veces cuando éste se casó. Era la historia de una criatura desafortunada, un duende de las aguas marinas, que habitaba en el *Remolino* y actuaba de un modo temible entre la agitación de los rompientes. Una sirena se había encontrado una vez con un gaitero en la playa de Sandag y allí le estuvo cantando durante toda una larga y brillante noche de mediados de verano; por la mañana ya había enloquecido, y desde entonces hasta el día en que murió, sólo repetía una misma serie de palabras; cuáles eran en el gaélico original no lo sé, pero se podrían traducir como: «¡Ah! ¡Qué dulce cantar procedente del mar!». Las focas que frecuentan esta costa son conocidas por hablar a cada persona en su propia lengua para presagiar grandes desastres. Fue aquí también donde desembarcó cierto santo por primera vez tras abandonar Irlanda, para convertir a los hébridas. Y desde luego, creo que se le llama santo con todo el derecho, porque considerando los barcos de aquella época, hacer un viaje tan difícil y lograr desembarcar en una costa tan ardua es ya de por sí algo milagroso. A él (o a algún monje inferior a él que tuviera allí una celda) es a quien debe la isla un nombre tan bonito y tan sagrado, la Casa de Dios.

Entre estos cuentos de viejas había uno que me gustaba escuchar y al que concedía más credibilidad. Según me contaron, durante aquella tempestad que desparramó los barcos de la Armada Invencible[1] por todo el norte y el oeste de Escocia, un gran

[1] La flota de ciento treinta naves enviadas por Felipe II de España a invadir Inglaterra en 1588. Huyendo de la armada inglesa, la flota hizo frente a tormentas en las aguas irlandesas y escocesas, y regresaron a España con sólo ochenta y seis embarcaciones.

navío vino a parar a la costa de Aros y desapareció ante un grupo solitario de gente que lo miraba desde lo alto de la colina; se veía la bandera agitándose mientras se hundía. Había cierta verosimilitud en este relato, pues se sabía que otro navío de esa misma flota se había hundido más al norte, a veinte millas de Grisapol. Además de que esta historia se narraba con más seriedad y mayor detalle que cualquiera de las otras, había algo en particular que me convenció totalmente de que era verdad: el nombre del barco era recordado todavía y me parecía tener cierto aire español. El Espíritu Santo, lo llamaban, un barco enorme con muchos cañones en cubierta, cargado de tesoros y de grandes de España, y de fieros soldados que ahora yacían en las profundidades para toda la eternidad; sus guerras y viajes habían acabado en la bahía de Sandag, al oeste de Aros. No más salvas de ordenanza para el gran barco, el Espíritu Santo; no más vientos propicios ni aventuras felices, ya sólo le quedaba oxidarse allá abajo, entre las algas marinas, y escuchar los gritos de *Los Hombres Dichosos* cuando subía la marea en la isla. Para mí era una historia extraña de principio a fin y se volvía más extraña a medida que iba sabiendo más sobre España, enterándome con más detalle de cómo había sido preparada la embarcación para navegar con una compañía tan distinguida y de que el rey Felipe, el próspero rey, fue quien la envió a ese viaje.

Y ahora debo confesar que mientras caminaba desde Grisapol, no podía quitarme de la cabeza al Espíritu Santo. Me había informado bien gracias al que entonces era rector de la Universidad de Edimburgo, el famoso escritor doctor Robertson, y fue él quien me mandó que trabajara en unos papeles de fecha antigua para hacer un arreglo y seleccionar lo valioso entre lo que no lo era. En uno de estos papeles, para mi gran sorpresa, encontré una nota del barco en cuestión, el Espíritu Santo, con el nombre del capitán, donde se contaba que gran parte del tesoro que llevaba a bordo se había perdido en el Ross de Grisapol; pero el lugar exacto se desconocía, y las tribus de salvajes no facilitaron ninguna información a los hombres del rey. En mi afán por hacer encajar toda esta información reuní, por un lado, la tradición de la isla, y por otro, la nota del rey Jaime con su anhelo de riquezas; cada vez veía más claro que el lugar que se había estado buscando en vano no podía ser otro que la pequeña bahía de Sandag, en las tierras de mi tío. Y siendo, como soy, un tipo de proceder mecánico, desde entonces he estado planeando cómo recuperar el precioso barco con todos sus lingotes, onzas de oro y doblones, para devolver de esta forma a nuestra casa de Darnaway la dignidad y prosperidad que durante tanto tiempo han permanecido en el olvido.

Pronto me arrepentí del plan. Las distintas reflexiones que me vinieron a la mente me hicieron cambiar de actitud. Me convertí en un extraño testigo del juicio divino, y el pensar en un tesoro que pertenecía a los muertos se hizo intolerable para mi conciencia. Pero, incluso en aquel entonces, no me atraía la mera codicia; si por algo deseaba riquezas no era por la riqueza en sí, sino por una persona que me era muy querida, la hija de mi tío, Mary Ellen. Había sido bien educada, fue durante un tiempo al colegio en el continente, sin el cual, pobrecita, habría sido mucho más feliz. Aros no era lugar para ella, con el viejo Rorie, el sirviente, y su padre, uno de los hombres más tristes de toda Escocia, criado sencillamente en medio del campo, entre cameronianos. Hace mucho tiempo fue capitán y navegaba desde Clyde alrededor de las islas; ahora, con infinito descontento, se ocupaba de sus ovejas, y de cuando en cuando iba a pescar al muelle para conseguir el pan necesario. Si algunas veces eso me resultaba insoportable a mí, que sólo estaba allí uno o dos meses, pueden imaginar lo que era para ella, que vivía en el mismo desierto todo el año con las ovejas, el vuelo de las gaviotas y *Los Hombres Dichosos* cantando y bailando en el *Remolino*.

CAPÍTULO II

Lo que el naufragio trajo a Aros

Estaba ya medio inundado cuando por fin llegué a Aros, y no podía hacer otra cosa que permanecer de pie en la orilla distante

y silbar para que viniera Rorie con el bote. No tuve necesidad de repetir la señal. Al primer sonido, Mary estaba ya en la puerta agitando el pañuelo a modo de respuesta y el viejo y patilargo criado descendía por la arena hacia el muelle con el andar pesado. A pesar de la prisa que tenía, le llevó un buen rato atravesar la bahía; observé que se detenía un par de veces, iba hacia un extremo y miraba con curiosidad por encima de la estela. A medida que se iba acercando, le vi viejo y consumido, y me pareció que esquivaba mi mirada. La barca había sido reparada con dos bancos nuevos y algunos parches de una madera extranjera cuyo nombre me resultaba desconocido.

—Rorie —pregunté cuando iniciamos el viaje de vuelta—, esta madera es buena, ¿por qué la compraste?

—Será más difícil que se rompa —contestó Rorie algo escéptico.

Justo en ese momento, echando a un lado los remos, volvió a inclinarse hacia la estela como lo había hecho anteriormente en el viaje de ida, y apoyándome la mano en el hombro, se quedó mirando las aguas de la bahía de un modo terrible.

—¿Qué sucede? —pregunté bastante asombrado.

—Será un pez muy grande —contestó el viejo volviendo a los remos.

No le pude sonsacar nada más, aunque sí observé extrañas miradas y movimientos siniestros de cabeza. A mi pesar, fui contagiado por un sentimiento de desasosiego; así que yo también me di la vuelta para estudiar la estela. El agua estaba quieta y transparente a lo lejos, en mitad de la bahía profunda. Durante un rato no pude ver nada; pero al fin me pareció como si algo oscuro, un pez grande o quizá sólo una sombra, siguiera a la cola de la barca. Entonces recordé una de las supersticiones de Rorie en relación con un barco de Morven: durante una gran y destructiva disputa entre clanes, un pez de una especie desconocida en nuestras aguas estuvo siguiendo durante algunos años al barco en su recorrido, hasta que llegó un momento en que ningún hombre se atrevió a hacer la travesía.

—Puede que esté esperando a la persona adecuada —dijo Rorie.

Mary me esperaba en la playa y me guio por la ladera hasta la casa de Aros. Había habido muchos cambios fuera y dentro de ella. El jardín estaba vallado con el mismo tipo de madera que había visto en el barco. Había sillas en la cocina cubiertas con un extraño brocado; cortinas también de brocado colgando de la ventana; un reloj parado estaba apoyado en el vestidor, y una lámpara de bronce colgaba del techo. La mesa estaba puesta para la cena, con los mejores linos y platas, y todas esas riquezas estaban expuestas en aquella vieja y rústica cocina que yo conocía tan bien, con el banco de respaldo alto, los taburetes y el armario con la cama de Rorie; la gran chimenea dejaba traspasar los rayos de sol, mientras las turbas claras ardían lentamente; había pipas en el estante de la chimenea, y en el suelo, las escupideras de tres esquinas estaban rellenas de conchas en lugar de arena. Las paredes continuaban siendo de piedra, desnudas, y el suelo estaba también desnudo, de madera, con las tres alfombras de parches que constituían antaño su único adorno, los parches de un hombre pobre, algo desconocido en las ciudades; tejido casero y luto negro, y redes de pesca sobre un banco de madera. La habitación, como toda la casa, había sido siempre motivo de comentarios por lo cuidada y acogedora que era, y verla ahora, ridícula, con esos añadidos incongruentes, me llenó de indignación y de una especie de furia. Teniendo en cuenta la tarea que me traía a Aros, este sentimiento carecía de base y era injusto, pero ardió con fuerza en mi corazón desde el primer momento.

—Mary —dije—, este es el lugar al que aprendí a llamar mi casa, y ahora ni lo reconozco.

—Para mí es mi casa naturalmente, no porque lo haya aprendido. El lugar en el que nací y en el que me gustaría morir. A mí tampoco me gustan estos cambios, ni la forma en que se han producido, ni lo que han traído consigo. Habría preferido, con el consentimiento de Dios, que se hubieran hundido en el mar y que *Los Hombres Dichosos* danzaran ahora sobre ellos.

Mary siempre hablaba en serio; ese era quizá el único rasgo que compartía con su padre, pero el tono con el que pronunció esas palabras era incluso más grave que de costumbre.

—¡Ay! —dije—. Siento temor porque todo esto procede de un naufragio, es decir, de la muerte, y, sin embargo, cuando murió mi padre me quedé con sus bienes sin remordimiento.

—Tu padre murió de muerte natural, como se suele decir —respondió Mary.

—Cierto —contesté—, y un naufragio es como un juicio. ¿Cuál era el nombre del barco?

—Lo llamaban el Christ-Anna —dijo una voz detrás de mí, y al darme la vuelta vi a mi tío en pie, parado junto a la puerta.

Era un hombre huraño, pequeño, bilioso, con la cara larga y los ojos muy oscuros; cincuenta y seis años, un cuerpo sano y activo, y un aire mezcla de pastor y hombre de mar. Nunca reía, al menos yo nunca le vi hacerlo. Dedicaba mucho tiempo a leer la Biblia y rezaba mucho, como los cameruneses con quienes se crio. De hecho, me recordaba en muchas cosas a uno de los predicadores de las colinas en los tiempos de las matanzas anteriores a la revolución. Pero no parece, como yo solía pensar, que su pietismo le proporcionase gran alivio ni le sirviera de guía. Tenía sus ataques de pánico cuando pensaba en el infierno, pero esto no le había impedido llevar una vida escabrosa, a la que miraba aún con envidia, y seguía siendo un hombre rudo, frío y sombrío.

Cuando entró por la puerta sin que le diera la luz del sol, con el gorro en la cabeza y la pipa colgando del ojal, me pareció, como Rorie, más envejecido y pálido; las líneas de su cara formaban surcos más profundos, y el blanco de sus ojos era amarillo, como marfil viejo y descolorido o como los huesos de los muertos.

—¡Ay! —exclamó—, el Christ-Anna. Es un nombre horrible.

Le presenté mis saludos y cortésmente le hice algún cumplido sobre su aspecto saludable, pues temí que hubiese estado enfermo.

—Aún me aguanta el cuerpo —contestó sin entusiasmo—. Sigo encerrado en el cuerpo y en los pecados del cuerpo, como tú. ¡La cena! —le dijo bruscamente a Mary, y luego, dirigiéndose a mí continuó—: ¿Qué? ¿A que tenemos cosas grandes y hermosas? Ese reloj es precioso, pero no anda, y esa mesa que ves ya puesta sólo tiene lo de diario. Sí, son todas cosas bonitas, preciosas. Y porque gustan tanto la gente es capaz de vender hasta la paz con Dios por conseguirlas, más allá de lo que uno pueda imaginar. Es precisamente esa atracción lo que hace que me gusten, no ya tanto por su valor real, sino porque hacen que la gente se ría de Dios abiertamente y luego arden en las profundidades del infierno. Por eso las Escrituras, tal y como yo las entiendo, advierten lo que les ocurrirá. ¡Eh, Mary! —gritó interrumpiéndose a sí mismo—. ¿Por qué demonios no has puesto los dos candelabros?

—¿Y para qué los íbamos a necesitar a las doce del mediodía?

Pero mi tío no estaba dispuesto a darse por vencido.

—Los disfrutaremos mientras podamos —contestó.

Así que dos inmensos candelabros de plata labrada se añadieron al servicio de mesa, ya de por sí inapropiado para estar en una granja costera.

—Llegó a la costa el 10 de febrero, como a las diez de la noche —continuó mi tío—. No corría nada de viento y había una embarcación en el mar; sospechaba que estaría en la corriente del *Remolino.* Rorie y yo la habíamos estado observando todo el día desafiando al viento. Estoy pensando que ese Christ-Anna no era un barco muy manejable, porque ni se estaba quieto ni giraba para donde ellos querían. Tuvieron un día duro con él: no quitaron las manos de las escotas y hacía un frío tremendo que presagiaba una nevada. No les llegó nada de viento y cada vez que llegaba una pizca, amainaba otra vez, y su esperanza vacía volvía a enterrarse de nuevo. ¡Puf! ¡Menudo último día pasaron! El que saliese con vida puede sentirse orgulloso, muy orgulloso de haber llegado a la costa después de aquello.

—¿Y murieron todos? —pregunté—. ¡Dios les ampare!

—¡Cállate! —dijo él ásperamente—. No quiero que nadie rece por los muertos bajo este techo.

Deseché el tono papista de mi exclamación y mi tío pareció aceptar mi renuncia con una facilidad inusual. Enseguida continuó con lo que evidentemente había pasado a ser su tema favorito:

—Lo encontramos Rorie y yo en la bahía de Sandag con todas esas maravillas dentro. Y es que en Sandag hay un punto de mucha dificultad: mientras la corriente avanza con fuerza hacia *Los Hombres Dichosos,* la marea va creciendo y se puede oír al *Remolino* soplar por el final de Aros... Y justo entonces vuelve una cantidad enorme de corriente directamente hacia la bahía de Sandag. Pues eso, que así fue como quedó atrapado el Christ-Anna. Por descuido y por haber continuado hacia delante, porque la proa estaba baja y la parte trasera quedó claramente en aguas muertas. ¡Y qué estruendo se oyó cuando chocó! ¡Que el Señor se apiade de nosotros! Es que la vida del marinero es dura y peligrosa, fría e insegura. El dinero es lo que me llevó a las profundidades. Ahora bien, por qué ha hecho el Señor aguas tan peligrosas es más de lo que nunca he podido llegar a comprender. Él, que hizo los valles y praderas:

Y ahora cantan y te alaban
pues Tú les has traído alegría,

como dice[2] el salmo en la versión métrica. No amoldaría mi fe a esa rima, eso no. Pero es bonita y fácil de recordar. Los que bajan al mar con los navíos dicen también:

Y tienen su quehacer en la marea,
ésos ven las grandes obras del Señor,
sus portentos en medio del abismo.

—Bueno —añadió—, es fácil recitarlo. Quizá David no conocía muy bien el mar. Pero lo cierto es que si no estuviese escrito en la Biblia, me inclinaría a pensar que no fue el Señor quien creó el mar, sino un gran demonio negro. De ahí no sale nada bueno, excepto los peces y el espectáculo de Dios dirigiendo y

[2] Del salmo 107:28 y 23-24.

gobernando la tormenta. Seguro que era eso a lo que David se estaba refiriendo. Pero, ¿sabes?, hubo rumores de que Dios se había aparecido al Christ-Anna. Bueno, más que rumores, juicios. Juicios en la noche oscura entre los dragones de las profundidades. ¡Y ellos, quizá sin haber siquiera preparado sus almas! El mar, sí, el mar... ¡Esa gran puerta del infierno!

Observé, mientras hablaba mi tío, que su voz sonaba especialmente alterada y que su forma de expresarse tenía cierto aire de exageración. Por ejemplo, se inclinó hacia delante mientras decía estas últimas palabras y me tocó la rodilla con los dedos extendidos y la cara pálida mientras me miraba, y pude ver en sus ojos el brillo de un fuego interno y profundo y el temblor de las arrugas secas en torno a su boca. Ni la entrada de Rorie, ni que se empezara a comer le hicieron abandonar el curso de sus pensamientos ni por un momento. Condescendió, desde luego, y me estuvo preguntando por mis éxitos en los estudios de la universidad, pero me pareció que lo hacía sólo con una parte de la mente; incluso en sus movimientos, lentos y perezosos como de costumbre, pude apreciar una huella de preocupación, mientras rezaba como solía hacerlo él «para que Dios se apiade de estas pobres criaturas pecadoras y desamparadas aquí, en la inmensidad de estas aguas tristes».

Pronto, él y Rorie empezaron a intercambiar un diálogo.

—¿Fue ahí? —preguntó mi tío.

—¡Oh, sí! —respondió Rorie.

Observé que los dos hablaban haciendo un aparte y mostraban cierto grado de vergüenza; incluso me pareció que la propia Mary se ruborizaba y bajó la mirada al plato. En parte para mostrarles que estaba al tanto y así aliviar esta tensión extraña del grupo, en parte porque tenía curiosidad, pregunté por el sujeto ausente en las frases que habían intercambiado.

—¿Se refiere a los peces? —pregunté.

—¿Qué peces? —gritó mi tío—. ¡Peces, dice! Tienes los ojos cubiertos de lodo, hombre. El descubrimiento de la carne te ha dejado embobado. ¡Peces! ¡Se trata de un fantasma!

Habló con gran vehemencia, como si estuviese enfadado. Y yo, por ser joven y amigo de las discusiones, no estaba dispuesto a que se me hiciera callar tan fácilmente. Así que recuerdo que contesté acaloradamente acusándoles de estar llenos de supersticiones infantiles.

—¡Y tú vienes de la universidad! —se burló el tío Gordon—. Dios sabe lo que aprende ahí la gente; de todas formas, no parece que haga mucho servicio. ¿Crees que no hay nada más en el mar que lo que se ve: algas creciendo, bestias marinas cazando y los rayos del sol brillando sobre las aguas cada día? No. El mar es como la tierra, sólo que más terrible. Si hay gente en la tierra, hay gente en el mar. Puede que muertos, pero gente de todas formas. En cuanto a demonios, no hay como los demonios del mar. Los de la tierra no son tan peligrosos. Hace mucho tiempo, siendo aún joven, en el país del sur, recuerdo que había un tipo feo, viejo y calvo en el pantano de Peewie. Guardo su imagen claramente: en cuclillas, gris como una tumba. Y, de veras, tenía un aspecto terrorífico; era como un sapo, pero no hacía daño a nadie. Sin duda, si alguien fuese un réprobo odiado por Dios y tuviera que cargar con sus pecados sobre la espalda, la criatura resultante sería un tipo como ése. Pero hay demonios en las profundidades del mar que se mofarían de cualquier concorpóreo: «¡Eh, señores, si hubiesen bajado con los pobres muchachos a bordo del Christ-Anna, ahora ya conocerían la piedad de los mares!». Si hubieras navegado tanto como yo, odiarías sólo el pensarlo. Si hubieras usado esos ojos que Dios te dio, te habrías dado cuenta de la debilidad de esa criatura falsa, salada y rugiente, y de lo que hay en ella con el consentimiento del Señor; langostas y cangrejos comestibles junto a los que no lo son, andando a tientas entre los muertos; las ballenas más insaciables y tempestuosas, y peces de agua fría, en su mayoría curiosidades ciegas e incautas. ¡Sí, señores —exclamó—, el terror, el terror del mar!

Todos estábamos algo perplejos ante este arrebato, y el que hablaba, después de su último arrebato, se hundió desalentado en sus propios pensamientos. Pero Rorie, que estaba ansioso de doctrinas supersticiosas, volvió a introducir el tema con una pregunta:

—¿No habrá visto alguna vez un diablo de mar? —preguntó.

—No claramente —respondió el otro—. No creo que ningún hombre pudiera ver su cuerpo claramente ni de forma continuada. Yo navegué con un muchacho al que llamaban Sandy Gabart. Él vio uno; estoy seguro, como estoy seguro de que aquél fue su fin. Estábamos a siete días de Clyde y nos costó muchísimo llegar hasta allí; fuimos hacia el norte cargados con semillas y buena mercancía para Macleod; nos habíamos aproximado bastante, por la zona de Cutchell; estábamos llegando a Soa y la faena había sido larga, por lo cual creímos que quizá habíamos llegado a Copnahow. Recuerdo bien aquella noche: la luna camuflada por la niebla, una brisa suave que corría sobre el agua, aunque no constante, y lo que a ninguno nos gustaba escuchar, el continuo gemido sobre las rocas de Cutchill. Pues bien, Sandy estaba delante con el foque y nosotros no podíamos verle por las velas. Acababan de empezar a tirar bien cuando, de repente, dio un grito. Por mi vida que forcé[3] una orzada pensando que estábamos cerca de Soa; pero no, no era el caso. Era el grito de muerte del pobre Sandy Gabart, o casi, porque tardó menos de media hora en morir. Lo único que pudo decir fue que era un demonio de mar, una criatura horrible, un monstruo o algo parecido, que subió por el bauprés y le dirigió una mirada fría y misteriosa. Entonces, el cuerpo de Sandy quedó totalmente sin vida. Nosotros sabíamos bien que aquella cosa extraña había desaparecido y también por qué aullaba el viento en las profundidades del Cutchull. Llegó la hora del juicio. «¡Viento!», dije. Era el viento de la ira de Dios; aquella noche peleamos sin parar y, cuando nos quisimos dar cuenta, estábamos cerca de tierra en el lago Uskevagh, y pronto, con el cantar de los gallos, en Benbecula.

—Habrá sido una sirena —dijo Rorie.

—¡Una sirena! —gritó mi tío con una furia desmedida—. ¡Eso son cotilleos de viejas! ¡Las sirenas no existen!

---

[3] Dirigió la proa del barco hacia el viento para cambiar de dirección.

—Pero, ¿qué aspecto tenía aquel ser? —pregunté yo.

—¿Que cómo era? ¡Dios no permita que lleguemos a saber cómo era! Tenía una especie de cabeza en la parte superior, y no hay nada más que un hombre pueda decir.

Entonces Rorie, herido por la afrenta, comenzó a contar varios cuentos sobre tritones, sirenas y caballitos de mar que habían llegado a la costa cercana a las islas y atacado tripulaciones enteras de barcos que se encontraban en el mar. Mi tío, a pesar de su incredulidad, escuchaba con un interés inquieto.

—¡Bien, bien! —contestó—. Puede que así sea; puede que yo esté equivocado, pero no he encontrado ni una sola palabra referente a sirenas en las Escrituras.

—Y es posible que tampoco encuentre nunca una palabra sobre el *Remolino* de Aros —objetó Rorie, y su argumento parecía tener cierto peso.

Después de comer, mi tío me llevó con él a un banco que había detrás de la casa. Era una tarde silenciosa y de mucho calor. Apenas se veían unos pequeños rizos en el mar ni se oía un solo sonido, tan sólo las voces familiares de ovejas y gaviotas, y quizá como consecuencia de este reposo en la naturaleza, mi pariente se mostró más racional y tranquilo que antes. Habló en tono sereno y alegre sobre mi carrera, haciendo alguna referencia aquí y allá al barco perdido o a las riquezas que había traído a Aros. Yo, por mi parte, le escuchaba en una especie de trance, contemplando la intensidad de aquella escena, que intentaba grabar en mi corazón bebiendo alegremente la brisa marina y el humo procedente de la turba que había encendido Mary.

Habría pasado como una hora, cuando mi tío, que había estado todo el tiempo observando disimuladamente la superficie de la pequeña bahía, se puso en pie, animándome a seguir su ejemplo. La inmensa corriente de la marea en el extremo suroeste de Aros ejerce una influencia perturbadora en toda la costa. En la bahía de Sandag, hacia el sur, hay una corriente que circula a determinados intervalos de tiempo, con la subida y bajada de la marea. Sin embargo, en la bahía norte (bahía de Aros, como la llaman), donde se erige la casa que mi tío estaba observando en este momento, la única muestra de desorden se encuentra hacia el final del reflujo, e incluso ahí es tan pequeña que no merece la pena ser mencionada. Cuando hay algún rompiente, no se puede ver nada; pero cuando todo está en calma, como suele ocurrir normalmente, aparecen algunos rastros extraños, indescifrables (runas marítimas, podríamos llamarlos) en la cristalina superficie de la bahía. Esto mismo ocurre en mil lugares de la costa; más de un muchacho se debe de haber entretenido, como yo hice, intentando buscar en ellas alguna referencia a su persona o a algún ser querido. Mi tío, aunque luchando contra un rechazo evidente, dirigió mi atención hacia estas marcas.

—¿Puedes ver el rastro de las líneas sobre el agua? —preguntó—. La tuya era la piedra gris, ¿no? Y bien, no será como una letra, ¿verdad?

—Ciertamente —respondí—. Lo he notado a menudo, es una C.

Él suspiró profundamente, como si le hubiera decepcionado con mi respuesta, y luego añadió, casi sin aliento:

—¡Ay!, es por el Christ-Anna.

—Siempre he pensado que era por mi nombre, como me llamo Charles...

—¿Así que lo habías visto antes? —se apresuró a contestar, sin prestar atención a lo que yo decía—. Vaya, vaya, eso sí que es extraño. Quizá haya estado ahí esperando, como diría un buen hombre, desde todos los tiempos. Eso es terrible —y entonces, de repente, preguntó—: ¿No habrás visto otro, verdad?

—Sí —contesté—. Hay otro que se ve claramente cerca de la orilla del Ross, donde acaba la carretera. Una M.

—Una M —repitió en voz muy baja; luego, tras otra pausa, preguntó de nuevo—: Y tú, ¿qué sentido le das a eso?

—Siempre pensé que era la M de Mary, señor —contesté ruborizándome, convencido de que esto era el comienzo de una explicación decisiva.

Pero cada uno de nosotros seguíamos el curso de nuestros propios pensamientos excluyendo el del otro. Mi tío, una vez más, no prestó atención a mis palabras. Tan sólo dejó la cabeza

colgando y se mantuvo tan tranquilo. Yo habría imaginado que no me había oído, de no ser porque lo siguiente que dijo fue como el eco de mis propias palabras.

—Yo no diría nada a Mary de estas habladurías —dijo, empezando a caminar.

Hay un cinturón de césped alrededor de la costa de la bahía de Aros por donde caminar es fácil. A lo largo de todo ese trayecto seguí en silencio a mi callado pariente. Me sentía quizá un poco decepcionado por haber perdido semejante oportunidad para declarar mi amor hacia ella, pero al mismo tiempo estaba aún más afectado por el cambio que había experimentado mi tío. Él nunca había sido un hombre corriente y afable en el sentido más estricto de la palabra. A pesar de esto, nada, ni siquiera en lo peor que conocía de su pasado, me podía haber hecho sospechar una transformación tan extraña. Era imposible cerrar los ojos ante un hecho: algo rondaba por su cabeza, como se suele decir, y mientras repasaba mentalmente las distintas palabras que podían representarse con la letra M (miseria, misericordia, matrimonio, mercancía y otras parecidas), me frenó por un instante el pensar en la palabra muerte. Andaba aún considerando lo mal que sonaba la palabra y el sentido terrible que tenía, cuando nuestro camino nos llevó a un punto en el que sólo cabía optar por dos direcciones: bien hacia atrás, hacia la bahía de Aros, donde se encontraba la casa, o bien hacia delante, hacia el océano, poblado por unas islas hacia el norte y por una extensión azul, hacia el sur, que se juntaba con el cielo. Allí mi tío, que era el que guiaba, se detuvo y permaneció en pie mirando durante un rato aquella costa. Entonces, volviéndose hacia mí, apoyó una mano en mi hombro.

—¿Crees que no hay nada ahí? —dijo apuntando con la pipa, y luego, gritando fuerte, como con cierto alborozo—: ¡Te advierto que los muertos están ahí abajo, grandes como ratas!

Se dio la vuelta inmediatamente y, sin mediar palabra, volvimos sobre nuestros pasos a la casa de Aros.

Yo estaba loco por estar a solas con Mary, pero no fue hasta después de la cena, y durante muy poco tiempo, que pude hablar con ella. No me anduve con rodeos y le conté exactamente lo que me rondaba por la cabeza.

—Mary, he venido a Aros con una esperanza. Si estuviera bien fundada, todos podríamos marcharnos de este lugar e ir a otro sitio, donde tuviéramos asegurado el pan y ciertas comodidades. Y asegurado también, quizás, algo que va más allá de esto y que parecería extravagante por mi parte el ofrecerlo. Sin embargo, una esperanza yace más cercana a mi corazón que el dinero —hice una pausa—. Bien puedes adivinar lo que es, Mary —ella miró hacia otro lado en silencio, y aunque eso no me daba mucho ánimo, no me detuve—. Cada día pienso solamente en ti. Pasa el tiempo y cada vez pienso más en ti. No podría pensar en ser feliz si no es en tu compañía; eres la niña de mis ojos —ella continuaba mirando hacia el otro lado y no decía palabra, pero me pareció que sus manos temblaban—. ¡Mary! —grité temeroso—, ¿es que no te gusto?

—¡Oh, Charlie! ¿Crees que es momento para hablar de esto? Déjame vivir un poco, déjame estar como estoy. ¡No serás tú el que pierda con la espera!

Por su voz noté que estaba casi llorando y esto me impidió hacer otra cosa que no fuese consolarla.

—Mary Ellen, no digas nada más. No vine para molestarte; tu vida debe ser la mía y tu tiempo el mío; ya me has dicho todo lo que quería oír. Sólo una cosa más: ¿qué es lo que te preocupa?

Dijo que era su padre, pero no entró en detalles. Sólo meneó la cabeza y dijo que él no estaba bien, que no parecía el mismo y que la situación era muy triste. Ella no sabía nada del naufragio.

—No me he acercado por allí —dijo—. ¿Para qué querría acercarme, Charlie? Esas pobres almas llevan perdidas mucho tiempo; tan sólo desearía que hubiesen tenido algún tipo de guía con ellos. ¡Pobres gentes!

Esto apenas me daba pie para hablarle del Espíritu Santo, y, sin embargo, lo hice. Nada más pronunciar la primera palabra, comentó sorprendida:

—Había un hombre en Grisapol, en el mes de mayo, de cuerpo pequeño, amarillo y con cara rara, según me contaron; llevaba anillos de oro en los dedos y tenía barba, y estuvo preguntando aquí y allá por ese mismo barco.

Fue como a finales de abril, cuando el doctor Robertson me había dado aquellos papeles para que los aclarase. De repente me vino a la memoria que habían sido preparados para un historiador español, o por lo menos, para un hombre que así se hacía llamar, que había venido con grandes recomendaciones para el director en una misión de investigación de algo como la dispersión de la Armada. Atando cabos, se me ocurrió que el visitante, con anillos de oro en los dedos, podría ser el historiador de Madrid al que se refería el doctor Robertson. Si así fuera, lo que él andaba buscando era un tesoro para sí mismo, más que información para una culta sociedad. Me decidí rápidamente, pues no podía perder tiempo en el encargo. Y si el barco yacía hundido en la bahía de Sandag, como tal vez él y yo suponíamos, no sería para beneficio de ese aventurero de los anillos, sino para Mary y para mí, y para la buena, querida, honesta y amable familia de los Darnaway.

CAPÍTULO III

Tierra y mar en la bahía de Sandag

A la mañana siguiente me puse en pie temprano. En cuanto hube comido algo, me preparé para dar una vuelta de exploración. Algo en mi corazón me decía que encontraría el barco de la Armada, y aunque no quería dar rienda suelta a pensamientos tan esperanzadores, me sentía muy animado y tan leve que iba caminando sin poner los pies en el suelo. Aros es una isleta muy escabrosa; la superficie está salpicada con rocas enormes, helechos y brezos que hacen que sea muy desigual. Mi camino atravesaba de norte a sur la loma más elevada. Y aunque en total la distancia no sobrepasaba las dos millas, me llevó más tiempo el esfuerzo del que me habían llevado cuatro en un camino llano. Cuando llegué a la cima me detuve. Aunque no es muy alta (creo que no llega a los trescientos pies), sobresale entre todas las tierras bajas del Ross y posee una gran vista por encima del mar y de las islas. El sol, que ya había salido hacía rato, me calentaba ya bastante al darme en el cuello; el aire era lánguido y tormentoso, aunque estaba muy claro. A lo lejos, al noreste, donde hay una mayor aglomeración de islas, una media docena de nubes pequeñas y desiguales colgaban juntas en un grupo. Sobre la cumbre del Ben Kyaw no se apreciaban sólo unas cuantas serpentinas de humedad, sino una sólida capa de vapor. El tiempo se anunciaba amenazador. Es verdad que el mar estaba tranquilo como un cristal; el *Remolino* no era más que una grieta en el ancho espejo y *Los Hombres Dichosos* sólo capas de espuma. Sin embargo, para mis ojos y mis oídos, tan familiarizados con estos parajes, el mar no descansaba tranquilo; un sonido, como un gran suspiro, había subido hasta donde yo me encontraba, y silencioso como estaba, el *Remolino* parecía encubrir una desgracia. Debo decir que todos nosotros, los habitantes de estas tierras, atribuíamos a esta extraña y peligrosa criatura de las mareas, si no presciencia, al menos la capacidad de avisar antes de una desgracia.

Me apresuré y a gran velocidad descendí por la loma de Aros hasta lo que llamamos la bahía de Sandag. Es una porción grande de agua en comparación con el tamaño de la isla; bien protegida de todo excepto del viento constante, es arenosa y poco profunda, y está limitada por pequeñas colinas de arena hacia el oeste; sin embargo, hacia el este se extiende, con varias brazas de profundidad, hasta un arrecife de rocas. Aquí, en este lado, es donde en determinados momentos de las crecientes de la marea, aquella corriente de la que habló mi tío se apodera de la bahía; un poco más tarde, cuando el *Remolino* empieza a crecer, surge una corriente en dirección contraria, y es la acción de esta última, creo yo, la que ha escorado esa parte de manera tan profunda. Nada se ve desde la bahía de Sandag, aparte de una pequeña parte del horizonte y, cuando el tiempo es malo, los rompientes saltando por encima de un profundo arrecife marino.

A mitad del camino, bajando por la colina, pude ver el naufragio del pasado febrero, un bergantín de tonelaje considerable yaciendo, con la parte trasera rota, en la esquina este de las arenas secas y elevadas. Fui directamente hacia ellas, y ya casi estaba en el extremo de la turba cuando mis ojos fueron atraídos hacia un punto sin brezos ni helechos, señalado por uno de esos montículos largos, bajos y de aspecto casi humano, que solemos ver tan a menudo en los cementerios. Me detuve como si me hubieran disparado. Nadie me había dicho que hubiera habido ningún muerto o funeral en la isla. Rorie, Mary y mi tío se habían mantenido en silencio. Al menos ella sabía que lo ignoraba, y, sin embargo, aquí, ante mis ojos, tenía la prueba indudable del hecho. Aquí había una tumba y yo me preguntaba, con un escalofrío, qué tipo de hombre yacía ahí, en su último sueño, esperando la señal del Señor, en un lugar tan solitario con el sonido repetitivo del mar. Mi mente no encontraba más respuesta que la que yo temía considerar. Debía tratarse de un náufrago, quizá como los antiguos marineros de la Armada, de alguna tierra rica y lejana del otro lado del mar. O quizás alguien de mi misma raza que murió ante la visión del humo de su hogar. Permanecí un rato descubierto a su lado; habría deseado que en nuestra religión hubiera algún tipo de plegaria apropiada para ese extraño infeliz, o como se habría dicho en otros tiempos, que pudiera hacer honor a su infortunio. Yo sabía que aunque sus huesos yacían allí, en un lugar de Aros, hasta el sonar de las trompetas su alma inmortal continuaría viviendo lejos de allí, entre los éxtasis del domingo eterno y las penas del infierno. Y, sin embargo, la mente me hacía enfrentarme al temor de que quizá él estuviera cerca de donde yo estaba, guardando su propio sepulcro y padeciendo de forma lenta en el escenario de su triste sino.

Con un espíritu ciertamente apesadumbrado, me aparté de la tumba y dirigí mi atención al no menos melancólico espectáculo del naufragio. La roda se alzaba sobre el primer arco de la inundación. Estaba partida en dos, justo detrás del mástil (aunque por supuesto no tenía ningún palo, porque los dos se habían roto en la catástrofe), y como el término de la playa era agudo y repentino, y la proa yacía a muchos pies bajo la popa, la fractura se mostraba totalmente abierta y se podía ver el otro lado a través del casco destrozado. El nombre estaba muy deteriorado y no pude descifrar si se trataba de Christiania como la ciudad noruega, o Christiana, como la buena mujer, esposa de Christian en ese viejo libro *El progreso del peregrino.* Por su construcción era un barco extranjero, pero no estaba seguro de su nacionalidad. Había sido pintado de verde, pero estaba descolorido y expuesto a la intemperie: la pintura se estaba pelando a tiras. Los restos del palo mayor estaban esparcidos a un lado, medio enterrados en la arena. Era un triste espectáculo, desde luego, y no podía dejar de mirar sin emocionarme los trozos de cuerda que aún colgaban, que habrían sido agarrados en otro tiempo por marineros que se movían dando grandes voces, o la pequeña escotilla, por donde habrían pasado tantas veces para hacer sus tareas, o esa pobre figura de cabeza de ángel sin nariz que se habría sumergido en tantas oleadas.

No sé si fue por el barco o por la tumba, pero me sentí totalmente invadido por escrúpulos melancólicos mientras permanecía allí apoyado con una mano en las maderas destruidas. Me venían a la cabeza pensamientos de hombres sin hogar y de barcos sin vida, arrojados a costas extrañas. Sacar provecho de tan penosas desgracias parecía un acto inhumano y sórdido, y comencé a pensar en lo que entonces era mi investigación como en algo de naturaleza sacrílega. Pero cuando me acordé de Mary, me repuse de nuevo. Mi tío nunca consentiría un matrimonio imprudente, ni ella tampoco se casaría, cosa de la que ya había intentado persuadirme, sin tener su total aprobación. Ahora era yo quien debía estar dispuesto y activo para mi esposa y pensé, riéndome solo, en el tiempo que hacía desde que aquel gran castillo de mar, el Espíritu Santo, había dejado reposar sus huesos en la bahía de Sandag, y la debilidad que supondría comenzar ahora a considerar unos derechos perdidos hacía tanto tiempo, así como infortunios ya más que olvidados en el correr del tiempo.

Yo tenía mi propia teoría de dónde buscar los restos. La disposición de la corriente y las sonoridades apuntaban ambas hacia el lado este de la bahía, bajo el arrecife de rocas. Si había estado perdido en la bahía de Sandag y después de estos siglos aún quedaba algún trozo entero del barco, sería ahí donde lo encontraría. En ese lugar, como ya he dicho, el agua se hace de repente más profunda e incluso más cerca de las rocas ya se puede hablar de varias brazas. Mientras iba andando por la orilla, tenía una buena visión del fondo arenoso de la bahía. El sol brillaba claro, y en las profundidades, verde y de forma continua. La bahía se asemejaba a un gran cristal transparente, como los que se ven en una funeraria; nada indicaba que se trataba de agua, a no ser un temblor interno, un revoloteo en los destellos del sol, y las sombras nítidas y de cuando en cuando se apreciaba un ligero plegamiento que iba a parar a la orilla a modo de una débil burbuja. Las sombras de las rocas se extendían a una cierta distancia desde su base y también mi propia sombra, siempre inestable, disminuía o se detenía por encima de ellas, llegando a veces hasta la mitad de la bahía. Era por encima de estas sombras donde yo buscaba el Espíritu Santo; como se encontraba precisamente ahí, la resaca era más fuerte. Fresca como parecía estar el agua, en contraste con el día caluroso, en aquella parte parecía estar aún más fresca y atraía mis ojos con una invitación misteriosa. Sin embargo, por más que me esforzase, no podía ver más que unos pocos peces o un arbusto de algas marinas, y aquí y allá un pedazo de roca que había caído de arriba, ya que ahora yacía aparte, en el suelo arenoso. Pasé dos veces de un extremo a otro de las rocas y en todo el trayecto no pude ver nada del naufragio ni tampoco un lugar donde pudiera encontrarse, excepto en un terraplén entre cinco brazas de agua, que sobresalía hasta una altura considerable por encima de la superficie de la arena y que, desde donde yo estaba, parecía ser una continuación de las rocas por las que iba caminando. Había una masa de grandes algas marinas, como una enramada, que me impedía ver bien lo que era, pero por su forma y tamaño tenía cierta semejanza con el casco de un barco. Al menos era la mejor oportunidad que tenía. Si el Espíritu Santo no reposaba ahí bajo las algas, entonces no estaba en ningún otro lugar de la bahía de Sandag; me dispuse a poner a prueba mi teoría de una vez por todas y así volver a Aros como un hombre rico o escarmentado de mis sueños de riqueza.

Me desnudé y permanecí indeciso en la orilla con los brazos cruzados. La bahía estaba en ese momento en un silencio absoluto. No había más sonido que el de una colonia de marsopas en algún lugar fuera del alcance de mi vista; cierto temor me retenía aún en el umbral de mi aventura: sentimientos melancólicos con respecto al mar, restos de supersticiones de mi tío, pensamientos sobre los muertos, sobre la tumba, sobre el viejo barco partido... Todo aquello inundaba mi mente. Sin embargo, el intenso sol que caía sobre mis hombros me llegó al corazón, me incliné hacia delante y me zambullí en el mar.

Todo lo que pude hacer fue agarrarme a una hilera de algas marinas que crecía espesa sobre el terraplén; pero cuando hube avanzado un poco me aseguré mejor cogiendo toda una brazada de estos tallos gruesos y viscosos y apoyando los pies contra el borde; luego miré a mi alrededor. Por todos lados la arena clara se extendía sin interrupción, llegaba hasta el pie de las rocas y, a causa de la marea, formaba un cauce como si fuera el pasillo de un jardín, y ante mí, al menos que lo pudiera distinguir, no había más que los pliegues de arena del fondo de la bahía iluminada por el sol. El terraplén al que seguía agarrado era tan grueso por la vegetación marina como un manojo de brezo, y el acantilado del que partía colgaba por debajo de la superficie del agua con cavidades oscuras; en esta complejidad de formas, todas las variedades se balanceaban juntas con la corriente y era difícil poder distinguir alguna cosa. Todavía no estaba seguro de si mis pies hacían fuerza sobre las rocas o sobre la madera del barco de la Armada con el tesoro cuando, antes de que pudiera darme cuenta, me quedé con el manojo de algas en la mano y al instante estaba de nuevo en la superficie, y las orillas de la bahía y el agua brillante nadaban ante mis ojos con un resplandor carmesí.

Volví a trepar por las rocas y tiré la planta de algas a mis pies. En ese momento, algo emitió un sonido agudo, el mismo sonido que cuando cae una moneda. Me agaché y allí encontré, encostrada de un rojo oxidado, una hebilla de zapato. La visión de esta reliquia de un pobre humano me heló el corazón, no por causarme esperanza o miedo, sino una desoladora melancolía. La sostuve en la mano y me hizo pensar en su dueño como si apareciese frente a mí con la presencia de un hombre actual. Su cara curtida por los vientos y el sol, sus manos de marinero, su voz ronca de tanto cantar en el cabestrante, el pie que una vez llevó aquella hebilla y que tantas veces habría paseado por cubiertas inclinadas, su condición humana, de criatura como yo, con pelo, sangre y ojos que ven, me obsesionaba en ese soleado y solitario lugar, no como un espectro, sino como un amigo al que hubiera herido. ¿Estaba de verdad el gran barco del tesoro ahí abajo, con sus armas, el grillete y el tesoro tal y como había venido navegando desde España, con la cubierta como un jardín de hierbas marinas y la cabina como lugar de alimento para los peces, sin ningún otro sonido que el del agua estancada, sin movimiento alguno, a no ser la agitación de las algas sobre las almenas de ese viejo castillo poblado? ¿Estaba ahora en un arrecife en la bahía de Sandag? O lo que me parecía más probable, ¿era la hebilla un objeto extraviado a consecuencia de un desastre del bergantín extranjero, comprada un día como otro cualquiera y quien la llevaba un hombre de mi misma época en la historia universal, que escuchaba las mismas noticias, pensaba las mismas cosas, rezaba quizá en el mismo templo que yo? Fuera como fuese, fui asaltado por pensamientos extraños; las palabras de mi tío («los muertos están ahí abajo») resonaban en mis oídos, y decidí volver a sumergirme una vez más; fue con una fuerte repugnancia que avancé hacia delante hasta el margen de las rocas.

En ese momento un gran cambio tuvo lugar en el aspecto de la bahía; dejó de tener un interior claro y transparente como una casa con el tejado de cristal en el que los rayos del sol dormían tranquilos en el fondo verde. Una brisa, supongo, corría por la superficie y el fondo se llenó de cierta confusión y oscuridad, mientras se alternaban rápidos movimientos de nubes con rayos de sol. Incluso el terraplén de debajo se agitó y osciló de forma confusa. En este lugar de sorpresas repentinas mi decisión parecía entrañar ahora más riesgo. Salté al mar por segunda vez, con el alma estremecida.

Intenté sujetarme como lo había hecho la primera vez y estuve buscando a tientas entre las algas ondulantes. Todo lo que me rozaba era frío, blando y pegajoso. La maleza estaba viva, con cangrejos y langostas que iban rodando de lado a lado por entre las ramas marinas; tuve que mantener mi corazón firme ante el terror que me producía la carroña alrededor. Podía sentir las granulaciones y las grietas de la piedra viva y dura. No había ni maderas, ni hierros, ni ningún rastro del naufragio; el Espíritu Santo no estaba ahí. Tuve casi un sentimiento de alivio en mi desilusión; ya estaba casi listo para marcharme cuando pasó algo que me devolvió a la superficie con el alma en un hilo. Mis exploraciones me habían demorado bastante; la corriente se estaba enfriando con el cambio de marea, y la bahía de Sandag dejó de ser un lugar seguro para nadar solo. Pues bien, justo en el último momento, un golpe de corriente repentino salió de entre las algas como una ola. Perdí uno de mis puntos de apoyo, que quedó colgando a mi lado; instintivamente busqué un nuevo apoyo y mis dedos se cerraron sobre algo frío y duro. Creo que al instante supe lo que era. Al menos me solté rápidamente de donde estaba agarrado y busqué impaciente la superficie. Allí trepé precipitadamente por las rocas con el hueso de la pierna de un hombre en la mano.

El ser humano es una criatura material, lento para pensar y torpe para percibir ciertas conexiones. La tumba, el naufragio del bergantín y la hebilla de zapato oxidada eran sin duda avisos bien claros. Hasta un niño podría haber captado la triste historia, y sin embargo, a mí me hizo falta tocar aquel trozo de ser humano para que mi espíritu comprendiera el horror de la totalidad del osario del océano. Dejé el hueso junto a la hebilla, recogí mi ropa y eché a correr tal y como estaba por las rocas hacia la humanidad de la costa. No podría estar lo suficientemente lejos de ese punto; no existía fortuna lo suficientemente grande para hacerme volver allí de nuevo. Los huesos del ahogado podrían seguir rodando sin que yo los molestara, ya fuera sobre las algas o sobre oro forjado. Sin embargo, una vez que pisé tierra firme y cubrí mi desnudez para protegerme del sol, me arrodillé mirando hacia las ruinas del bergantín y, desde lo más profundo de mi ser, recé larga y apasionadamente por las pobres almas que se encontraban en el mar. Una oración generosa no es nunca ofrecida en vano; puede que la petición sea denegada, pero el que pide siempre es recompensado, yo creo, con un favor de gracia. Por lo menos el terror desapareció de mi mente, y pude mirar otra vez con espíritu tranquilo la grande y brillante criatura, el océano de Dios. De vuelta a casa por las abruptas laderas de Aros, no consideraba más que mi firme determinación de no volver a verme nunca más envuelto en restos de embarcaciones naufragadas ni tesoros que pertenecieran a los muertos.

Estaba ya subiendo la colina cuando me detuve para tomar aliento y miré hacia atrás. La vista que tenía ante mis ojos era doblemente extraña.

Primero, la tormenta que había anticipado estaba avanzando a una velocidad casi tropical; toda la superficie del mar se había oscurecido; de la notable luminosidad anterior había pasado a ser de un tinte feo de color plomizo. Ya en la distancia, las olas blancas (las «cabrillas de mar») habían empezado a desaparecer por la brisa, aún inapreciable en Aros, y a lo largo de la curva de la bahía de Sandag había una explosión de mar que podía oírse desde donde yo estaba. El cambio del cielo fue todavía más notable. En el suroeste había comenzado a formarse una nube baja de superficie enorme y sólida. Aquí y allá, el sol vertía un haz de rayos dispersos a través de las hendiduras, y aquí y allá, desde todos los rincones se extendían amplios rayos teñidos por el cielo todavía despejado. Había una amenaza expresa e inminente. Cuando miré al sol estaba todo emborronado. En cualquier momento una tempestad temible podía caer sobre Aros.

Lo repentino de este cambio de tiempo hizo que me fijara en el cielo. Después miré hacia la bahía, continué sobre mis pies y me detuve en el sol. La loma que acababa de subir flanqueaba un pequeño anfiteatro de colinas más bajas que descendían hasta el mar, y detrás de aquello se extendía el arco amarillo de la playa y toda la extensión de la bahía de Sandag. Era una escena que había visto a menudo y en la que nunca había habido ningún ser humano. Justo acababa de darme la vuelta dejándolo vacío (puede que fuesen imaginaciones mías), cuando esta vez vi un barco con varios hombres en ese mismo lugar desierto. El barco estaba junto a las rocas. Un par de tipos calvos, con las mangas remangadas y uno de ellos con un gancho de mar, intentaban con dificultad mantener el barco donde estaba amarrado, pues la corriente era cada vez más fuerte. Un poco más allá del arrecife, dos hombres vestidos de negro, a los que juzgué superiores en rango, inclinaban la cabeza sobre algo que en un principio no pude entender, pero que un segundo después logré deducir; estaban orientándose con ayuda de la brújula, y justo entonces vi a uno de ellos desenrollar un papel y señalar con el dedo, como si estuviera identificando puntos en un mapa. Mientras tanto, un tercero andaba de un lado al otro asomándose entre las rocas y mirando hacia el agua por encima del arrecife. Cuando estaba aún observándolos, lleno de estupefacción y sorpresa, incapaz de poder interpretar lo que veían mis ojos, la tercera persona se detuvo de repente y llamó a sus compañeros con un grito tan fuerte que llegó a mis oídos en lo alto de la colina. Los otros corrieron hacia él e incluso se les cayó la brújula con la prisa, y pude ver el hueso y la hebilla del zapato ir de mano en mano provocando los gestos más inusuales de sorpresa e interés. Justo entonces pude oír a los marineros gritar desde el barco y señalar hacia el oeste, donde se encontraban las nubes que iban cubriendo rápidamente el cielo de oscuridad. Los otros parecían deliberar, pero el peligro era demasiado grande para hacerle frente, así que se dispusieron a partir; cargaron mis reliquias en el bote y se dirigieron hacia el exterior de la bahía remando con todas sus fuerzas.

No pensé más en el asunto, me di la vuelta y corrí hacia la casa. Fueran quienes fuesen esos hombres, mi tío sería informado inmediatamente. No era tan tarde como para descartar una invasión de los jacobitas[4], y quizá el príncipe Charlie[5], al que mi tío detestaba, era uno de los tres superiores que había visto desde la roca. Pero según iba corriendo, saltando de roca en roca, daba vueltas en la cabeza al asunto y esta teoría me parecía cada vez menos razonable. La brújula, el plano, el interés que había suscitado la hebilla y la conducta de aquel hombre entre el grupo de extraños, que había estado tan pendiente del agua que había a sus pies, todo parecía apuntar hacia una explicación diferente del porqué de la presencia de estos hombres en aquella isleta oscura y lejana del mar del Oeste. El historiador de Madrid, la investigación fundada por el doctor Robertson, el extraño con barba y con anillos, mi infructuosa búsqueda esa misma mañana en la bahía de Sandag, todo ello, pieza a pieza, daba vueltas en mi cabeza; estaba seguro de que esos extraños serían españoles en busca del antiguo tesoro en el barco perdido de la Armada. La gente que vive en estas alejadas islas, como Aros, son responsables de su propia seguridad; no hay nadie cercano capaz de protegerles ni de ayudarles. Por eso la presencia en aquel lugar de una tripulación de aventureros extranjeros, pobres, ambiciosos, y muy probablemente sin ley, me llenó de temor por el dinero de mi tío y la seguridad de su hija. Seguía pensando en cómo deshacernos de ellos cuando llegué sin aliento a la cima de Aros. La tierra toda se veía ensombrecida; sólo en el extremo este, sobre una colina, igual que una joya, iba consumiéndose un último rayo de sol. Había empezado a llover, no muy fuerte pero

---

[4] Término utilizado para describir a los seguidores de Jaime II (Jaime VII de Escocia) expulsado del trono en la Revolución Gloriosa de 1688 a favor de su hija Mary y su marido Guillermo de Orange. La palabra procede de «Jacobus», nombre latino de Jaime, pero pretende también evocar la historia de Jacob (Genesis, 27:1-45), que engaña a su padre para que le dé la bendición para su hermano Esau. Los oponentes de los Estuardo inventan el término para sembrar la duda de la legitimidad del heredero e hijo de Jaime.

[5] Carlos Eduardo Estuardo «Príncipe Carlos», hijo y heredero de Jaime Estuardo (hijo de Jaime II), lideró, apoyado por los franceses, un levantamiento en 1745, que puede ser considerado como el último coletazo para los jacobitas. Los rebeldes rápidamente ganaron el control de Escocia, marcharon hacia el sur y alcanzaron Derby en las tierras Medias inglesas antes de que las tensiones del conflicto condujeran a los jacobitas franceses y escoceses a la retirada que culminó con la infame matanza de Culloden, cerca de Inverness. Carlos escapó, permaneciendo seis meses como fugitivo en Escocia antes de pasar clandestinamente a Europa; sus partidarios fueron perseguidos sin tregua.

a grandes gotas; el mar se iba encrespando cada vez más y ya había una banda blanca rodeando Aros y las cercanas costas de Grisapol. El barco continuaba tirando mar adentro y entonces me di cuenta de algo que antes, por estar más abajo, no había visto: una goleta preciosa, enorme y con grandes mástiles hacia el final sur de Aros. Como no la había visto por la mañana cuando había estado observando con cuidado las señales del tiempo, y al estar en esas aguas solitarias donde una embarcación era difícilmente visible, estaba claro que la noche pasada debía de haber estado detrás del puerto inhabitado de *Eilean Gour,* y esto probaba que sin duda había sido tripulada por extraños hasta nuestra costa, ya que ese fondeadero, aunque aparentemente seguro, no es más que una trampa para los barcos. Con marineros tan ignorantes en una costa tan peligrosa, era probable que el viento huracanado que se avecinaba trajera la muerte en sus alas.

CAPÍTULO IV
El viento

Encontré a mi tío asomado al hastial, mirando las señales del tiempo con una pipa en sus manos.

—Tío —dije—, había unos hombres en la costa de la bahía de Sandag.

No tuve tiempo de decir nada más; no sólo olvidé mis palabras, sino que se me pasó el cansancio, dado el efecto que produje en el tío Gordon. Se le cayó la pipa, apoyó la espalda en el extremo de la casa con la mandíbula caída, los ojos fijos y su cara alargada tan blanca como la pared. Debimos de mirarnos en silencio durante un cuarto de minuto antes de que contestase de manera extraordinaria:

—¿Llevaba gorra?

Yo sabía tan bien como si hubiera estado allí que el hombre que ahora yacía enterrado en Sandag llevaba una gorra y había llegado a la costa vivo. Por primera y única vez perdí la tolerancia con el hombre que había sido mi benefactor y el padre de la mujer con la que esperaba casarme.

—Éstos eran hombres vivos —dije—, quizá jacobitas, quizá franceses, quizá piratas, quizá aventureros que vienen aquí en busca del tesoro del barco español; pero sean lo que fueren, son un peligro para su hija, que también es mi prima. Y en cuanto a tus terrores por tu propia culpabilidad, el muerto duerme bien, en el mismo sitio donde lo dejaste. Estuve en su tumba esta mañana; no despertará hasta que toquen las trompetas del Juicio Final.

Mi pariente me miró, parpadeando mientras yo hablaba. Luego se quedó mirando fijamente al suelo y estirándose los dedos maniáticamente; estaba claro que había perdido el habla.

—Ven —le dije—. Debes pensar en los demás. Tienes que venir conmigo a lo alto de la colina y ver ese barco.

Obedeció sin mirarme y sin decir palabra, siguiendo lentamente mis impacientes zancadas. La energía parecía haber abandonado su cuerpo e iba trepando pesadamente por las rocas, en lugar de ir saltando de una a otra, como solía hacer. Tampoco conseguí que fuera más deprisa, a pesar de mis gritos. Sólo me respondió una vez, en tono de queja y como alguien que padece un gran dolor físico: «Ya voy, hombre, ya voy». Mucho antes de llegar a la cima no tenía otro sentimiento hacia él que el de lástima. Si el crimen había sido monstruoso, el castigo estaba siendo proporcionado.

Por fin aparecimos por encima del horizonte de la colina y pudimos mirar a nuestro alrededor. Todo era negro y tormentoso a la vista. El último rayo de sol se había desvanecido; se había levantado un poco de viento, y aunque aún no era muy fuerte, el tiempo era borrascoso e inestable. La lluvia, por otra parte, había cesado. A pesar del corto intervalo de tiempo, el mar había crecido de forma considerable desde la última vez que había estado allí. Ya había empezado a romper por encima de los acantilados más salientes y sus fuertes lamentos resonaban en las cuevas marinas de Aros. Busqué la goleta con la mirada, al principio sin éxito.

—Ahí está —dije por fin; pero su nueva posición y el rumbo que estaba tomando me inquietaron—. ¡No pretenderán adentrarse en el mar! —grité.

—Sí, eso es lo que pretenden —dijo mi tío con cierto regocijo. Justo entonces la goleta hizo una bordada que reforzó mi temor. Estos extraños, a pesar del fuerte viento que se avecinaba, esperaban a tener espacio para maniobrar sin peligro. Con la amenaza del viento en estas aguas sembradas de arrecifes y la lucha tan violenta en contra de la corriente de la marea, su curso les llevaría sin duda a la muerte.

—¡Dios mío! —exclamé—. ¡Están todos perdidos!

—¡Ay! Todos perdidos —dijo mi tío—. No les quedó más remedio que correr hacia *Kyle Dona.* La puerta a la que se han dirigido no la pueden atravesar, y ahora es el diablo mismo quien debe pilotarlos. Eh, ¿sabes? —añadió mientras me tocaba la manga—: Es una noche espléndida para un naufragio. ¡El segundo en dos meses! *Los Hombres Dichosos* bailarán sobre él.

Le miré, y fue cuando comencé a pensar que había perdido la cabeza. Él me miraba con un gozo tímido en sus ojos, como implorando compasión. Todo lo que había pasado entre nosotros ya estaba olvidado ante la perspectiva de este nuevo desastre.

—Si no fuera demasiado tarde, cogería el bote e iría a avisarles —grité con indignación.

—¡No, no! No debes interferir. No debes entrometerte en algo así. Si eso es lo que quieren, si es su deseo, allá ellos, ¡es una noche estupenda para esto! —dijo mientras se quitaba la gorra.

Algo parecido al miedo me empezó a recorrer el alma; le recordé que no había cenado y sugerí que volviéramos a casa. Pero no; no había manera de sacarle de allí.

—Tengo que verlo todo, Charlie —dijo, y cuando la goleta se lanzó de nuevo por segunda vez, exclamó—: ¡Eh, la manejan bien! ¡El Christ-Anna no es nada comparado con éste!

Los hombres de a bordo ya debían de haber notado el peligro, aunque ni de la enésima parte de los peligros que amenazaban con la condena de la embarcación. En cada momento de calma del caprichoso viento sentirían lo rápido que les arrastraba la corriente hacia atrás; viendo lo poco que duraba cada maniobra, las fueron haciendo cada vez más cortas. A cada minuto la marea creciente se movía con violencia, depositando la espuma sobre otro rizo sumergido. Una y otra vez un rompiente caía de manera devastadora por la proa; la maraña de la corriente se veía entre los rizos marrones, en la hendidura de la ola. Tenían que estar a su faena, era seguro que a bordo de ese barco no podía haber ni un hombre ocioso, Dios lo sabe. A medida que se iba desarrollando la escena, tan terrible para cualquier persona con corazón, mi tío se deleitaba estudiándola al detalle como si fuera un experto. Cuando me volví para descender la colina le vi tumbado en la cima, boca abajo, con las manos extendidas hacia delante, agarrándose al brezo. Parecía haber rejuvenecido en cuerpo y alma.

Al volver a casa estaba tremendamente afectado y todavía me entristecí más al ver a Mary. Tenía la camisa remangada sobre los brazos robustos y estaba haciendo pan tranquilamente. Cogí un panecillo[6] del armario y me senté a comerlo en silencio.

—¿Estás preocupado? —me preguntó después de un rato.

Me levanté y le contesté:

—Mary, estoy preocupado porque temo que sea demasiado tarde, también para Aros. Me conoces lo suficiente como para ser justa al juzgarme, a mí y a mis gustos. Pues bien, puedes estar segura de que estarías mejor en cualquier parte, lejos de aquí.

—Y yo estoy segura de una cosa: estaré donde esté mi obligación.

—Olvidas que también tienes una obligación contigo misma.

—¡Ah! —exclamó golpeando la masa—. ¡Seguro que eso lo has sacado de algún pasaje de la Biblia!

—Mary —dije solemnemente—, no debes reírte de mí precisamente ahora. Dios sabe que no estoy de humor para risas. Si pudiéramos llevarnos a tu padre con nosotros, sería lo mejor; pero con él o sin él, quiero que tú te alejes de aquí. Por tu bien y por el mío, y por el de tu padre también. Quiero verte lejos,

---

[6] Pastel de cebada, más plano y grueso que un bollo.

lejos de aquí. No pensaba así cuando vine. Llegué aquí como un hombre que vuelve a su casa. Ahora todo ha cambiado y no tengo otro deseo ni otra esperanza que escapar, esa es la palabra, de esta isla maldita, igual que un pájaro de la jaula de un cazador.

Para entonces ella había interrumpido su trabajo y contestó:

—¿Es que crees que no tengo ojos ni oídos? ¿Crees que no se me ha partido el corazón viendo estas maravillas (como él las llama, ¡qué Dios le perdone!) de las profundidades del mar? ¿Crees que he vivido con él un día sí y otro también sin haberme dado cuenta de lo que tú has visto durante una o dos horas? Sé que hay algo malo en todo esto; el qué, ni lo sé ni lo quiero saber. Nunca, que yo sepa, se ha mejorado una cosa mala por entrometerse. Amigo mío, nunca debes pedirme que abandone a mi padre. Mientras haya un soplo de vida en su cuerpo, estaré a su lado. También puedo decirte que a mi padre no le queda mucho, Charlie, no le queda mucho. Lleva la señal en la frente, y puede que así sea mejor; sí, quizá sea lo mejor.

Me quedé un rato en silencio sin saber qué decir. Cuando por fin levanté la cabeza para hablar, ella se puso delante de mí.

—Charlie, lo que para mí es correcto no tiene por qué serlo para ti. Es en esta casa donde están el problema y el pecado. Tú eres un extraño en ella; coge tus cosas y sigue tu camino hacia sitios y gentes mejores. Si alguna vez se te ocurriera volver, aunque sea dentro de veinte años, me encontrarás aquí siempre, esperándote.

—Mary Ellen, te pedí que fueras mi esposa y respondiste que sí. Eso está bien; donde quiera que estés, ahí estaré yo, como le diría a mi Dios.

Al terminar de decir estas palabras, rompieron los vientos en un desvarío, y luego permanecieron constantes y estremecedores alrededor de la casa de Aros. Era un primer aviso, o prólogo, de la tempestad que se avecinaba; cuando miramos fuera observamos que la casa estaba rodeada de tinieblas, como cuando oscurece al caer la tarde.

—¡Dios se apiade de todos esos pobres hombres que están en el mar! —dijo ella—. No volveremos a ver a mi padre hasta mañana por la mañana.

Entonces me contó, mientras estábamos sentados junto al fuego oyendo las cada vez más fuertes ráfagas de viento, cómo se había producido el cambio en mi tío. Durante todo el invierno se había comportado de manera inestable y oscura. Cada vez que crecía el remolino, o como dijo Mary, cuando bailaban *Los Hombres Dichosos,* se quedaba tumbado en la *Cima* durante horas si era de noche, o en lo alto de Aros si era de día, observando la agitación del mar y recorriendo con la vista el horizonte en busca de una embarcación. Después del 10 de febrero, cuando el naufragio que trajo las riquezas fue arrojado a la costa de Sandag, primero estuvo imbuido por un extraño júbilo y más tarde fue cayendo en un estado de melancolía. Abandonó su trabajo y mantuvo a Rorie desocupado. Los dos hablaban con frecuencia en un tono confidencial en el extremo de la casa, con aire secreto y como de culpa. Si ella preguntaba a alguno de ellos, como hizo al principio algunas veces, esquivaban sus preguntas de manera confusa. Desde que Rorie señaló el gran pez que colgaba de la barcaza, su amo sólo volvió a pisar la tierra firme del Ross una vez. Y esa vez había pasado a pie, totalmente seco, mientras la marea estaba baja; pero como se entretuvo demasiado tiempo al otro lado, se encontró incomunicado con Aros al regreso de las aguas. Con un grito de agonía atravesó el estrecho y llegó a casa en un estado de miedo febril que le duraba desde entonces. Es un miedo al mar; pensamientos constantes sobre el mar le persiguían y aparecían en sus conversaciones y devociones; incluso en sus miradas cuando estaba en silencio.

Rorie entró para cenar solo; pero un poco más tarde apareció mi tío, se puso una botella bajo el brazo, se metió algo de pan en el bolsillo y se fue de nuevo a hacer la guardia, seguido esta vez por Rorie. Escuché que la goleta estaba perdiendo fondo, aunque la tripulación seguía luchando sin esperanza por cada pulgada, con ingenuidad y coraje. La noticia me llenó de pesar.

Poco después de que se pusiera el sol, el viento rompió con toda su furia; un viento como nunca había visto en verano; ni siquiera, dada la rapidez con que había llegado, en invierno. Mary y yo nos sentamos en silencio; la casa temblaba sobre nosotros, la tempestad aullaba fuera y el fuego chisporroteaba con algunas gotas de agua. Nuestros pensamientos se encontraban lejos, con los pobres hombres de la goleta, o con mi tío, menos triste que ellos, en lo alto del promontorio al descubierto. A veces nos alarmábamos cuando el viento crecía y golpeaba como si fuese un cuerpo sólido o de repente descendía hasta desparecer; el fuego pasaba a ser una llama y nuestros corazones quedaban tranquilos. De repente la tormenta, con todo su poder, apresaba las cuatro esquinas del tejado y las sacudía rugiendo como un leviatán[7] enfurecido. Inmediatamente, en un momento de calma, unos remolinos fríos recorrieron temblorosos la habitación, levantándonos los pelos de la cabeza al pasar entre nosotros mientras estábamos sentados. Y de nuevo el viento rompió en un coro de sonidos melancólicos, gritando por dentro de la chimenea y gimiendo con la suavidad de una flauta alrededor de la casa.

Serían las ocho aproximadamente cuando entró Rorie y me llevó con aire misterioso hacia la puerta. Al parecer, mi tío había asustado incluso a su fiel compañero, y Rorie, incómodo ante su extravagancia, me suplicó que fuera a compartir la escena. Me apresuré a hacer lo que me pedía. Estaba más que dispuesto; el miedo, el horror y la tensión de la noche, me habían dejado inquieto y listo para actuar. Le dije a Mary que no se alarmase, que yo protegería a su padre, y envolviéndome en una manta seguí a Rorie afuera.

La noche, a pesar de encontrarnos a mitad del verano, era tan oscura como en enero. Intervalos de luz crepuscular alternaban con períodos de total oscuridad; era imposible encontrar una razón para estos cambios en el horror del cielo. El viento cortaba el aliento. Todo el cielo parecía tronar sobre nuestras cabezas

[7] Monstruo de mar, real o imaginario; pero también, según Isaías 27:1, Satán: «En ese día el Señor, con su grandiosa y fuerte espada vengativa, castigará a leviathan, la serpiente desgarradora, la serpiente retorcida, y matará al dragón que mora en el mar».

como una nave enorme, y en un momento de calma sobre Aros pudimos escuchar las tristes ráfagas de viento que arrasaban a lo lejos. En los valles del Ross el viento debía de haber soplado tan fiero como en mar abierto, y sólo Dios sabe los rugidos que bramaban sobre la cima del Ben Kyaw. La mezcla de lluvia y de vapor de agua nos caían en la cara como láminas. En toda la isla de Aros el oleaje golpeaba sin cesar los arrecifes y las playas con espantoso estruendo. Más fuerte aquí, más silencioso allá, como las combinaciones de música orquestal, pero el sonido apenas cesaba un momento. Y por encima de todo ese bullicio se podían oír las voces variadas del *Remolino* y el rugido intermitente de *Los Hombres Dichosos*. En ese momento me vino a la mente el porqué de ese nombre; era un ruido casi alegre que sonaba por encima de los otros ruidos de la noche, o por lo menos, si no alegre, sí con una portentosa jovialidad. Y, ¡ay!, sonaba incluso humano; como cuando hombres salvajes que se han bebido hasta la razón y han descartado el habla gritan juntos a voces en la locura del momento; así me parecía a mí que gritaban estos mortíferos rompientes en la noche de Aros.

Rorie y yo, cogidos del brazo, avanzábamos contra el viento; cada yarda de terreno suponía un esfuerzo consciente. El césped húmedo nos hacía resbalar y caer de bruces sobre las rocas. Llenos de hematomas, empapados, molidos y sin aliento, nos costó cerca de media hora llegar desde la casa hasta la cima que dominaba el *Remolino*. Ése era, al parecer, el observatorio preferido de mi tío. Justo a la derecha, donde el acantilado es más elevado y profundo, un promontorio de tierra, como si fuera una barrera, forma un lugar para cobijarse de los vientos, donde uno se puede sentar en silencio mientras observa cómo la marea y las olas salvajes luchan a sus pies. Igual que podría mirar desde lo alto de la ventana de una casa alguna trifulca callejera, así miraba mi tío el revuelo de *Los Hombres Dichosos*. En una noche así se ve un mundo de oscuridad en el que las aguas se revuelven y hierven, las olas rompen todas juntas como si fuese una explosión y la espuma forma una torre y se derrumba en un abrir y cerrar de ojos. Nunca había visto a *Los Hombres Dichosos* así de violentos. La furia, la altura y la transitoriedad de los remolinos era algo digno de ver más que de contar. Sobre nuestras cabezas, por encima del acantilado, se elevaban las columnas blancas en la oscuridad y al instante desparecían como fantasmas. A veces tres al mismo tiempo subían y se desvanecían, o una ráfaga de viento se las llevaba y la espuma nos salpicaba, pesada como una ola. Sin embargo, el espectáculo impresionaba más por su frivolidad que por su fuerza. Cualquier pensamiento era abatido por aquel tumulto maldito. La mente de los hombres era poseída por un estado de vaciedad alegre, parecido al de la locura. Yo mismo me sorprendí a veces siguiendo el baile de *Los Hombres Dichosos* como si fuera una música interpretada por el tañer de un instrumento.

La primera vez que vi a mi tío fue a unas yardas de distancia, todavía en uno de los momentos en que la luz del atardecer interrumpía la oscuridad profunda de la noche. Estaba en pie detrás del parapeto, con la cabeza hacia atrás y la botella en la boca. Cuando dejó de beber nos vio, y al reconocernos comenzó a sacudir la mano por encima de la cabeza socarronamente.

—¿Ha estado bebiendo? —le grité a Rorie.

—Siempre se emborracha cuando el viento sopla así —contestó Rorie en el mismo tono, para que pudiera oírle.

—Así que en febrero, ¿también estaba así?

El «se» de Rorie me produjo alegría, pues eso significaba que el asesinato no había sido cometido a sangre fría, fruto de la premeditación. Fue un acto de locura, que debía ser perdonado más que condenado. Mi tío era un loco peligroso, si quieren, pero no era ni cruel ni vil, como había temido en un principio. Y aun así, ¡qué escenario para una juerga! ¡Qué vicio tan increíble había escogido el pobre hombre! Yo siempre había pensado que la embriaguez era un placer salvaje y casi temible, más demoníaco que humano. Pero la embriaguez aquí fuera, en la tremenda negrura, al borde de un precipicio sobre el infierno de las aguas, con la cabeza dándole vueltas como un remolino, los pies tambaleándose al borde de la muerte, los oídos atentos a cualquier señal de naufragio, eso, de ser creíble en alguien era con seguridad moralmente imposible en un hombre como mi tío, cuya mentalidad se basaba en un credo condenatorio, seguidor de las supersticiones más oscuras. Pero así era. Y cuando alcanzamos la barrera y pudimos volver a recuperar el aliento vi que los ojos de aquel hombre resplandecían en la noche con un brillo poco santo.

—¡Eh, Charlie, mira; es magnífico! —dijo llevándome al borde del abismo desde donde surgía aquel clamor ensordecedor y las nubes de espuma—. ¡Míralos bailar! ¿No es perverso?

Pronunció esta última palabra con cierto gusto y me pareció que se ajustaba muy bien con el resto de la escena.

—Están dando alaridos en esa goleta —se oyó de nuevo su voz débil y poco cuerda, claramente audible desde el cobijo de la loma—, y las voces se acercan cada vez más, cada vez más, y más, y ellos lo saben, saben que está cerca de ahí. Charlie, hijo, en esa goleta van todos borrachos, todos amodorrados por la bebida. También estaban todos borrachos en la popa del Christ-Anna. Ninguno de ellos se va a ahogar en el mar con ganas de más aguardiente. ¡Bah, qué sabrás tú! —y de repente, en una explosión de furia—: ¡Te digo que no puede ser, que ya se habrían ahogado si no lo tuvieran! ¡Bebe un trago! —dijo pasándome la botella.

Yo estaba a punto de rechazarlo cuando Rorie me dio un ligero toque a modo de advertencia; reconsideré la situación y cogí la botella, y no sólo bebí gran cantidad, sino que también dejé que se derramara aún más mientras bebía. Era alcohol puro, y casi me ahogo al intentar tragarlo. Mi tío no observó la pérdida, y echando la cabeza hacia atrás apuró lo que quedaba. Luego, con una carcajada sonora arrojó la botella a *Los Hombres Dichosos,* que parecieron chillar e intentar cogerla de un salto.

—¡Aquí tenéis! —gritó—. Este es vuestro regalo. Ya conseguiréis algo mejor mañana.

De repente, en la noche oscura, delante de nosotros y a menos de doscientas yardas, en un momento en el que el viento estaba en calma, oímos el sonido de una voz claramente humana. Al instante, el viento silbante barrió la cima y sonó un bramido del *Remolino;* el mar se agitó y comenzó a bailar con furia renovada. Por aquel grito de agonía supimos que se trataba del barco, ahora cercano a la ruina, y que lo que habíamos oído era la voz del capitán pronunciando su última orden. Agazapados los tres en el borde, esperamos con los sentidos muy atentos el inevitable final. Sin embargo, pasó bastante tiempo, que a nosotros nos parecieron años, hasta que la goleta apareció por un breve instante liberándose de una enorme torre de espuma vacilante. Todavía puedo ver el libre aleteo de la vela mayor una vez que la botavara cayó pesadamente sobre la cubierta. Aún puedo ver la silueta negra del casco y me parece además distinguir la figura de un hombre estirado sobre el timón, si bien la visión que tuvimos de la goleta pasó más veloz que un rayo. La misma ola que la hizo aparecer la envolvió, llevándosela para siempre. Se oyó el grito conjunto de muchas voces al borde mismo de la muerte, y se apagó con el estruendo de *Los Hombres Dichosos.* Con aquello, la tragedia llegó a su fin. El gran barco con todos los aparejos y la lámpara quizá quemándose aún en la cabina, las vidas de tantos hombres, valiosas seguramente para otros, queridas, por lo menos como ellos querían al cielo, se hundieron en un momento entre el oleaje de las aguas. Se fueron igual que un sueño. El viento continuó silbando y corriendo, y las aguas del *Remolino* indiferentes, saltando y agitándose igual que antes.

Cuánto tiempo permanecimos allí, los tres juntos, tumbados sin hablar y sin poder movernos, es algo que no puedo decir, pero debió de pasar mucho tiempo. Finalmente, uno por uno, de manera casi mecánica, nos arrastramos de vuelta hacia el cobijo de la loma. Cuando me tumbé totalmente estirado contra el montículo que hacía de barrera pude oír a mi tío que murmuraba algo en un tono melancólico y afectado. Lo repetía sensiblero una y otra vez:

—Tanta lucha tuvieron, tanta lucha tuvieron... ¡Pobres muchachos! ¡Pobres muchachos! —y después se lamentaba—: Los aparejos eran tan buenos... y ahora, ¡todos perdidos!

Porque el barco se había hundido entre *Los Hombres Dichosos* en lugar de haber encallado en la costa. Y una y otra vez el nombre de Christ-Anna iba y venía en sus divagaciones, pronunciadas con un pavor estremecedor.

La tormenta, tras todo este tiempo, se iba calmando. En media hora el viento se había convertido en brisa y el cambio estuvo acompañado o causado por una lluvia fuerte, fría y pesada. En ese momento debí de quedarme dormido, y cuando desperté, empapado, entumecido y sin haber descansado, ya había comenzado un día gris, húmedo y desagradable. El viento soplaba a rachas débiles e inconstantes, la marea estaba lejos, el *Remolino* estaba a un nivel mínimo y tan sólo el fuerte golpear de las olas sobre la costa de los alrededores de Aros quedó como testimonio de las furias de la noche.

CAPÍTULO V

Un hombre sale del agua

Rorie se encaminó hacia casa en busca de calor y del desayuno, pero mi tío se agachó para examinar las costas de Aros. Me pareció que era mi deber acompañarle. Él no estaba tranquilo, sino trémulo y débil tanto de cuerpo como de espíritu. Continuó explorando con la inquietud de un niño. Estuvo trepando por las rocas a lo lejos, en las playas, y perseguía a los rompientes en su retirada. El más simple tablón partido o un jirón de cordaje era un tesoro ante sus ojos y debía salvarlo aun a costa de su vida. Ver cómo iba tras las olas con pasos débiles e indecisos, o verle inmerso en las dificultades y peligros que suponía trepar por las rocas llenas de algas, me mantenía en un estado permanente de terror. Tenía el brazo preparado para sujetarle, y con la mano le agarraba de la casaca; así le ayudé a trazar la línea de su trayecto fuera del alcance de la ola. Una enfermera al cuidado de un niño de siete años no habría tenido una experiencia muy diferente de la mía.

Sin embargo, debilitado como estaba por la reacción de su locura de la noche anterior, las pasiones que permanecían latentes en su naturaleza eran las de un hombre fuerte. Su terror hacia el mar, aunque controlado por el momento, no había disminuido. Si el mar hubiese sido un lago lleno de vivas llamas, no habría huido con más pánico de su roce. Y una vez que su pie resbaló y se le hundió media pierna en la charca, el grito que salió de su boca fue como un chillido de muerte. Después de aquello, se sentó y permaneció quieto durante un rato, jadeando como un perro. Pero su deseo de encontrar restos del naufragio venció una vez más a sus temores y otra vez avanzó tambaleándose entre la espuma y trepando por las rocas entre la explosión de las burbujas. De nuevo su corazón parecía ir a la deriva, dispuesto, si es que lo estaba para algo, a lanzarse al fuego. Aun estando satisfecho con lo que había encontrado, seguí refunfuñando sin cesar por su mala fortuna.

—Aros no es lugar para naufragios; no, naufragios no. En todos los años que he vivido aquí, con éste ya van dos, y aun siendo el de mejores aparejos, ¡está totalmente perdido!

—Tío —le dije, pues ahora estábamos en una extensión de arena donde no había nada que pudiera distraer su mente—, ayer por la noche le vi como nunca hubiera pensado verle, estaba borracho.

—¡Bah, bah! No era para tanto. Aunque es cierto que estuve bebiendo y, la verdad, es algo que no puedo evitar. No hay hombre más sobrio que yo en tiempos normales, pero cuando oigo soplar el viento en mi oreja, creo que me vuelvo loco.

—Usted es un hombre religioso, y eso es pecado —le dije.

—¡Oh! —contestó—, si no fuese pecado no me tentaría. ¿Sabes? Es como un desafío. En este mar se encuentran montones de los viejos pecados de todo el mundo. No es tarea exclusivamente cristiana. Y a veces, cuando se encrespa y el viento empieza a gritar, parecen hermanos; estoy hablando de *Los Hombres Dichosos,* mientras los bobos jóvenes beben y ríen y las pobres almas de los muertos se lanzan en la noche luchando con sus pequeños barcos y, de ese modo, caen sobre mí como un hechizo. No sé, soy malvado, pero no pienso en absoluto en los pobres marinos. Yo estoy del lado del mar; yo soy como uno de sus *Hombres no Dichosos.*

Pensé que debía tocarle algún punto débil. Me volví hacia el mar. La marea estaba animada. Se veían, una tras otra, las colas de las olas ir cabalgando hasta la playa, elevarse, girar hasta caer unas sobre otras en la arena; arriba, el aire salado, las gaviotas asustadas, el ancho ejército de los ataques del mar mientras entre relinchos se iban juntando para asaltar Aros. Ante nosotros, aquella hilera de arenas lisas en todo su número y furia parecía no acabarse nunca.

—Hasta aquí has de llegar y no más lejos —dije; luego cité tan solemnemente como pude un verso que había utilizado muchas veces ante el coro de los rompientes[8]:

> *Pero más que el bramido de las aguas caudalosas*
> *más augusto que el mar en sus rompientes,*
> *es augusto en las alturas el Señor.*

—¡Ay! —se lamentó mi tío—, al final de los tiempos el Señor triunfará. No lo dudo. Pero aquí en la tierra, incluso los hombres vulgares le plantan cara. Eso no está bien; no estoy diciendo que esté bien, pero es el precio del ojo, la lujuria de la vida y lo mejor de los placeres.

No dije nada más, porque ahora habíamos empezado a cruzar la lengua de tierra que se extendía entre nosotros y Sandag. Me reservé mi último intento de apelar a la razón de aquel hombre para cuando estuviéramos en el lugar relacionado con su crimen. Él no habló del tema, pero echó a andar a mi lado con paso más firme. Era como si lo que le había dicho hubiera tenido en él un efecto estimulante, y pude ver que había olvidado su búsqueda de restos sin valor y que estaba inmerso en un estado de pensamiento profundo, melancólico y agitado. En tres o cuatro minutos llegamos a la ladera y comenzamos a descender hacia Sandag. El mar había castigado brutalmente al naufragio; la proa estaba dada la vuelta y había sido arrastrada algo más abajo. Quizá la popa hubiera sido forzada hacia arriba, porque las dos partes estaban separadas, tiradas en la playa. Cuando llegamos a la tumba me detuve, me descubrí la cabeza bajo la pesada lluvia y, mirando a mi tío a la cara, le dije:

—Un hombre que por la divina providencia sufrió y consiguió escapar de peligros mortales. Era un hombre pobre, desnudo, mojado, fatigado y extranjero. Tenía todos los requisitos

[8] Salmo 93:5

para despertar su compasión. Podría haber sido como la sal de la tierra, santo, amable y bueno. Podría haber sido un hombre cargado de iniquidades para quien la muerte fuese el comienzo del tormento. Yo le pregunto ante la mirada de los cielos: Gordon Darnaway, ¿dónde está el hombre por el que murió Cristo?

Él se mostró emocionado con estas últimas palabras, pero no hubo respuesta, su cara no expresaba nada excepto una vaga señal de alarma.

—Eras el hermano de mi padre. Me has enseñado a considerar tu casa como si fuera la de mi padre, y los dos somos hombres pecadores que caminamos ante el Señor entre los pecados y peligros de esta vida. A través de nuestro mal es como Dios nos guía hacia el bien. Nosotros pecamos, no me atrevo a decir que es porque Él nos tienta, pero sí con su consentimiento, y para cualquiera, a no ser para el hombre más bruto, los pecados son el comienzo de la sabiduría. Dios te ha avisado por medio de ese crimen. Y te sigue avisando todavía a través de esta tumba sangrienta que tenemos a nuestros pies. Si esto no te trae arrepentimiento, ni mejora, ni retorno a Él, ¿qué podemos esperar sino la consecución de algún juicio memorable?

Mientras pronunciaba estas palabras, los ojos de mi tío vagaban lejos de los míos. De repente, hubo un cambio en él que no puede describirse. Sus rasgos parecieron disminuir de tamaño, el color de sus mejillas se desvaneció, alzó una mano y, señalando en la distancia, volvió a salir de sus labios aquel nombre tan repetido:

—¡El Christ-Anna!

Me volví, y aunque no me horroricé tanto como mi tío y di gracias a Dios por no ser yo el que tuviera motivo para ello, me quedé igualmente aterrado ante la visión que encontraron mis ojos: la figura de un hombre de pie en la cabina del naufragio. Estaba de espaldas y parecía estar explorando el mar con ojos sombríos; su figura estaba desplegada en toda su altura, como un bloque enorme entre el mar y el cielo. Ya he dicho mil veces que no soy supersticioso; pero en ese momento, con las ideas de muerte y pecado que recorrían mi mente y la inexplicable aparición de un extraño en esa isla solitaria rodeada por el mar, me llené de un sentimiento de sorpresa que rozaba el terror. Parecía imposible que alma alguna hubiera podido llegar viva a la costa de Aros. Y la única embarcación que había en millas a la redonda era la que vimos hundirse ante nuestros propios ojos la noche anterior entre *Los Hombres Dichosos*. Me asaltaron muchas dudas que hicieron el suspense inaguantable, y para hacer el asunto más real y tangible, avancé hacia delante saludando a la figura con la mano como si fuera un barco.

Se dio la vuelta y creo que comenzó a observarnos. Esto me hizo recuperar el valor y le llamé haciéndole señas para que se acercara; él, por su parte, bajó inmediatamente a la arena y empezó a aproximarse lentamente, dudando y deteniéndose muchas veces. A cada señal de duda que mostraba el hombre, yo me iba sintiendo más confiado. Avancé otro paso más, animándole con gestos de la cabeza y la mano. Estaba claro que el náufrago había oído versiones diferentes sobre la hospitalidad de nuestra isla; es cierto que para aquel entonces la gente de más al norte tenía una triste reputación.

—¡Cómo! —exclamé—. ¡El hombre es negro!

Y justo en ese momento mi tío comenzó a jurar y rezar al mismo tiempo en un tono de voz que apenas pude reconocer. Le miré. Estaba de rodillas y tenía una expresión de agonía en la cara. A cada paso que daba el náufrago, el tono de su voz subía y la volubilidad de lo que expresaba, así como el fervor de su lenguaje, aumentaron el doble. Yo lo llamo oración, ya que iba dirigido a Dios; pero seguro que nunca ninguna criatura gritó tantas incongruencias a su Creador. Desde luego, si una oración puede ser pecado, esta loca arenga lo era. Corrí hacia mi tío, le agarré de los hombros y le tiré al suelo.

—Silencio, hombre —dije—. Respeta a Dios al menos en sus palabras, ya que en sus acciones no lo haces. Aquí, en la escena misma de sus transgresiones, Él te envía una oportunidad de expiación. Adelante, acéptala, da la bienvenida como un padre a aquella criatura que viene temblando por tu piedad.

Al decirle eso, intenté empujarle hacia el negro, pero él me tiró al suelo, se soltó, dejando en mi mano la chaqueta que yo le había agarrado por el hombro y huyó colina arriba hacia lo alto de Aros como un ciervo. Me puse en pie de nuevo, tambaleante, confundido y algo asombrado. El negro se había detenido sorprendido, quizá con temor, a medio camino entre el lugar del naufragio y yo. Mi tío estaba ya muy lejos, saltando de roca en roca, y yo me sentí por un momento dividido entre dos obligaciones. Pero tuve que decidirme, así que pedí a Dios ayuda para poder juzgar correctamente y opté por el pobre náufrago de la arena; por lo menos él no era el causante de su desgracia y era un tipo de desgracia que yo podía aliviar. Para entonces ya había empezado a considerar a mi tío como un lunático triste e incurable. Avancé hacia el negro que ahora esperaba su destino cruzado de brazos. Al ver que me estaba acercando, extendió la mano hacia mí con un gesto como el que había visto hacer desde el púlpito y me habló con una voz como si realmente se encontrara en uno; pero yo no entendía ni una palabra. Probé primero en inglés, luego en gaélico, pero ambos en vano; así que estaba claro que teníamos que limitarnos al lenguaje de miradas y gestos. Le hice señas para que me siguiera y lo hizo inmediatamente con una reverencia seria, como si fuese un rey caído. En todo ese tiempo no había habido alteración alguna en su rostro; ni un signo de ansiedad mientras esperaba, ni de descanso ahora que se había tranquilizado. Si fuese un esclavo, como había supuesto entonces, debía de descender de alguna estirpe de prestigio en su país de origen, y viéndole cómo había venido a menos, me pareció digno de admiración el modo en que lo estaba sobrellevando. Cuando pasamos por la tumba, me detuve y alcé los brazos y los ojos al cielo en señal de respeto y compasión por el muerto. Y él, a modo de respuesta, inclinó la cabeza y extendió las manos. Aunque era un movimiento extraño, lo hizo de manera tan natural que supuse que sería un gesto ceremonial en la tierra de donde venía. Al mismo tiempo señaló en dirección a mi tío, a quien podíamos ver sentado en un montículo y se tocó la sien como indicando que estaba loco.

Tomamos el camino largo que bordea la costa, ya que temía asustar a mi tío si atravesábamos la isla. Mientras caminábamos tuve tiempo suficiente para madurar la pequeña exhibición dramática con la que esperaba satisfacer mis dudas. Así, me detuve en una roca y me dispuse a imitar ante el negro los gestos del hombre al que había visto tomar medidas con el compás en Sandag. Él me entendió enseguida y, cogiéndome primero de las manos para interrumpir mi imitación, me mostró luego dónde estaba el barco, señalando mar adentro, como para indicarme la posición de la goleta, y a continuación hacia el extremo de las rocas, diciendo «Espíritu Santo» pronunciado de manera extraña, pero lo suficientemente clara para ser reconocido. Así que mi conjetura había sido acertada: la pretendida busca histórica no era más que un pretexto para buscar el tesoro. El hombre que había hecho de doctor Robertson era el mismo extranjero que visitó Grisapol en primavera, y ahora, junto con otros muchos, yacía muerto bajo el *Remolino* de Aros: aquí les trajo la ambición y aquí se quedarían sus huesos eternamente. Mientras tanto, el negro continuó reproduciendo la escena. Miraba al cielo como si se estuviera acercando una tormenta, o bien representaba el papel de un marino haciendo señales a los demás para que embarcasen; otras veces se comportaba como un oficial corriendo por la roca hacia el bote. A menudo se inclinaba sobre un remo imaginario con aire de barquero apurado. Pero todo esto con la misma solemnidad en sus maneras, por lo que en ningún momento me sentí inclinado a sonreír. Por último, me indicó mediante una pantomima que no se puede describir con palabras cómo había ido él mismo a examinar el barco naufragado encallado en la playa y cómo, para su desgracia e indignación, fue abandonado por sus camaradas. Entonces cruzó los brazos una vez más e inclinó la cabeza como quien acepta su destino.

Ahora que el misterio de su presencia se había aclarado, le expliqué con ayuda de garabatos la suerte que había corrido la embarcación con todo cuanto había a bordo de ella. Él no mostró sorpresa ni pena, y con un repentino gesto, extendiendo la mano, pareció indicar que abandonaba a los que antes fueron sus amigos o patrones (lo que hubiesen sido) al arbitrio de Dios. Cuanto más le observaba, mayor era mi respeto hacia él. Vi que tenía una mente poderosa y un carácter sobrio y recto, como a mí me gustaba en las personas con las que me quería relacionar. Antes de que alcanzásemos la casa de Aros ya casi había olvidado y hasta perdonado totalmente el color tan extraño que tenía.

A Mary le conté con todo detalle lo que había pasado, aunque reconozco que me traicionó el corazón; pero hice mal en dudar de su sentido de la justicia.

—Hiciste lo que tenías que hacer. Que se cumpla la voluntad de Dios —y tras decir esto nos preparó inmediatamente algo de carne.

Cuando sacié el hambre, pedí a Rorie que estuviera pendiente del náufrago, que todavía seguía comiendo, y me preparé de nuevo para ir en busca de mi tío. No había llegado muy lejos cuando le vi sentado en el mismo lugar, sobre la parte más elevada del montículo, y aparentemente en la misma actitud en que le había dejado la última vez que le vi. Desde ese punto, como ya he dicho, se veía la mayor parte de Aros y el río Ross extendidos a sus pies como si fuese un mapa. Estaba claro que permanecía alerta en todas las direcciones, porque apenas asomé la cabeza por encima de una de las primeras pendientes, se puso en pie de un salto y se dio la vuelta como para hacerme frente. Enseguida le saludé, intentando usar las mismas palabras y el mismo tono que aquellas veces cuando solía venir a avisarle que la cena estaba lista. No hizo ningún movimiento en señal de respuesta. Avancé un poco más y otra vez intenté hablarle, pero obtuve el mismo resultado. Cuando por segunda vez intenté avanzar un poco más, sus temores enfermizos volvieron a brotar, y aunque permaneció en silencio, comenzó a huir de mí a una velocidad increíble por la ladera rocosa de la colina. Una hora antes había sido él quien estaba totalmente abatido, y yo relativamente activo en comparación. Pero ahora su fuerza estaba restablecida por el fervor de la locura y habría sido inútil soñar siquiera con perseguirle. No; pensé que el mero intento podría aumentar sus temores, y nuestra situación se volvería aún más miserable. No me quedaba más opción que volver a casa y contarle a Mary la triste historia.

Ella me escuchó con una preocupación serena, como lo había hecho anteriormente, y mientras me sugería que me tumbara y tomase aquel descanso que tanto necesitaba, ella se preparó para ir en busca de su descarriado padre. A esas alturas no dudé entre dormir o comer: me dormí profundamente. Eran ya pasadas las doce del mediodía cuando me desperté y bajé las escaleras hacia la cocina. Mary, Rorie y el náufrago negro estaban sentados junto al fuego en silencio, y pude ver que Mary había estado llorando. Pronto me enteré de que había causas suficientes para su llanto. Primero ella y luego Rorie habían ido en busca de mi tío. Le habían encontrado sentado en lo alto de la colina y las dos veces había salido huyendo rápidamente y en silencio. Rorie intentó seguirle, pero fue en vano. La locura había dado un nuevo vigor a sus huesos e iba saltando de roca en roca por encima de los barrancos más anchos. Recorría las cumbres tan rápido como el viento y se inclinaba y se volvía como una liebre perseguida por los perros. Rorie, después de un buen rato, tuvo que abandonar, y lo último que vio fue que mi tío estaba otra vez sentado sobre la cima de Aros, como al principio. Incluso en el momento más emocionante de la persecución, cuando el veloz sirviente estuvo a punto de capturarle, el pobre lunático no emitió sonido alguno. Huyó en silencio como una bestia, y ese silencio aterrorizó al perseguidor.

Había algo descorazonador en la situación. ¿Cómo podríamos capturar al hombre loco? ¿Cómo le íbamos a alimentar mientras tanto? ¿Y qué podríamos hacer con él cuando le hubiésemos capturado? Estas eran las tres dificultades ante las que nos encontrábamos.

—El negro es la causa de este ataque —dije yo—. Puede que incluso sea su presencia en la casa lo que le hace permanecer en la colina. Hemos hecho lo que teníamos que hacer. Le hemos dado de comer y le hemos cobijado bajo nuestro techo. Ahora propongo que Rorie atraviese la bahía con él en la barcaza y le lleve a través del río Ross hasta Grisapol.

Mary aceptó mi propuesta de corazón. Le pidió al negro que nos siguiera y los tres descendimos al embarcadero. Verdaderamente, el cielo había declarado su voluntad en contra de Gordon Darnaway; algo había sucedido, algo que no había sucedido nunca en Aros: durante la tormenta, la barcaza se había soltado y, a fuerza de chocar contra los escabrosos espigones del embarcadero, se había cubierto con cuatro pies de agua y tenía un costado totalmente quebrado. Harían falta por lo menos tres días de trabajo para ponerla a flote, pero yo no estaba dispuesto a darme por vencido. Conduje a todos hacia abajo, donde el estrecho era más angosto, nadé hasta el otro lado y llamé al negro para que me siguiera. Mediante señas, con la misma claridad y tranquilidad de antes, me dijo que no sabía nadar. Parecía decir la verdad y a ninguno de nosotros se nos habría ocurrido dudar de ello. Ahora que esa esperanza se había desvanecido, volvimos todos a la casa de Aros tal y como habíamos venido; el negro caminaba entre nosotros sin rastro de vergüenza.

Todo lo que podíamos hacer ese día era intentar comunicarnos con el infeliz loco otra vez. De nuevo pudimos verle sentado en el mismo sitio y de nuevo salió huyendo en silencio. Le dejamos comida y un manto grande para que al menos se abrigase; además la lluvia había desaparecido y parecía que la noche iba a ser incluso templada. Teníamos que tranquilizarnos hasta el día siguiente. Descansar era el mayor imperativo, que nos fortaleciésemos para poder realizar esas actividades inusuales. Como ninguno de nosotros tenía ganas de hablar, nos separamos a una hora temprana.

Estuve mucho tiempo tumbado en la cama, despierto, planeando una estrategia para el día siguiente: situaría al negro del lado de Sandag; así mi tío se vería obligado a ir hacia la casa. Rorie estaría en el oeste y yo al este, para completar el cordón lo mejor que pudiéramos. Cuanto más repasaba la configuración de la isla, más me parecía posible, aunque difícil, forzarle a dirigirse hacia la parte baja de la bahía de Aros. Una vez allí, incluso teniendo en cuenta el vigor que le proporcionaba la locura, no había peligro de una escapada definitiva. Me basaba en el terror que mi tío sentía hacia el negro; estaba seguro de que, aunque era posible que volviese a salir corriendo, no sería en dirección al hombre del que suponía que había vuelto del mundo de los muertos, y así al menos, un punto del círculo quedaba asegurado.

Por fin me dormí, pero desperté al poco tiempo soñando con naufragios, hombres negros y aventuras submarinas; estaba tan tembloroso y febril que me levanté, bajé las escaleras y salí de la casa. Dentro, Rorie y el negro dormían en la cocina. Fuera hacía una noche clara, llena de estrellas; de cuando en cuando se veía alguna nube extraviada después de la tormenta. El nivel del agua llegaba casi al límite, y *Los Hombres Dichosos* rugían en la noche tranquila y sin viento. Nunca, ni siquiera cuando la tempestad estaba en su punto de mayor intensidad, había oído su canto con tanto respeto. Ahora que los vientos se habían retirado, el misterio del fondo del mar se mecía en su regreso al sueño profundo del verano, y cuando las estrellas derramaban una luz cándida sobre la tierra y el mar, la voz de estos rompientes de la marea seguían clamando destrucción. Desde luego parecían pertenecer a lo perverso del mundo, al lado trágico de la vida. Pero no eran estas voces sin sentido las únicas que rompían el silencio de la noche; se podía oír también, unas veces fuerte y amenazador y otras casi ahogado, el sonido de una voz humana que acompañaba al estruendo del *Remolino*. Sabía que era la voz de mi tío. Sentí mucho miedo por el juicio de Dios y el mal en el mundo. Volví a la oscuridad del interior de la casa en busca de un lugar de cobijo. Me tumbé en la cama y estuve reflexionando sobre estos misterios.

Era tarde cuando me desperté de nuevo. Me puse la ropa rápidamente y bajé corriendo a la cocina. Allí no había nadie. Rorie y el negro habían desaparecido clandestinamente hacía mucho tiempo. El descubrimiento me dejó paralizado. Podía confiar en el corazón de Rorie, pero no en su discreción. Si se había marchado sin decir nada estaba claro que era para intentar ayudar a mi tío. Pero, ¿qué servicio esperaba prestarle él solo, o peor, en compañía del hombre que representaba la encarnación de los temores de mi tío? Si es que no era demasiado tarde para prevenir algún daño mortal, estaba claro que no debía demorarme ni un minuto. Salí de casa en ese instante y aunque estaba acostumbrado a correr por las laderas escabrosas de Aros, nunca lo había hecho como lo hice aquella mañana fatal; aún no me creo que tardara sólo doce minutos en alcanzar la cima.

Mi tío no se encontraba en su puesto de vigía. La cesta estaba abierta y la carne desparramada por la hierba, pero, como supimos más tarde, nadie había probado bocado y no había ningún otro rastro de existencia humana en todo el campo de visión. El día ya había cubierto el cielo claro. El sol brillaba con un tono rosado sobre el pico del Ben Kyaw, pero todo lo que se encontraba debajo, los promontorios desiguales y escarpados de Aros que descendían hasta el mar, estaba iluminado por la luz oscura y triste del amanecer.

—¡Rorie! ¡Rorie! —grité.

Mi voz murió en el silencio y no hubo respuesta. Si de verdad se trataba de un plan rápido para atrapar a mi tío, estaba claro que sus perseguidores no confiaban tanto en la rapidez de sus pies como en su destreza para un ataque furtivo. Corrí más adelante siguiendo mi intuición y mirando a derecha e izquierda; no volví a detenerme hasta que estuve en el monte sobre Sandag. Podía ver los restos del naufragio, el cinturón de arena sin cubrir, el ocioso golpear de las olas sobre el largo saliente de las rocas, y a cada lado, los montículos escarpados, los cantos rodados y los barrancos de la isla. No había rastro de ningún ser humano.

A un paso la luz del sol cayó sobre Aros y brotó un mundo de sombras y colores. Medio minuto después, debajo de mí, hacia el oeste, las ovejas empezaron a dispersarse como presas del pánico. Luego se oyó un grito. Vi a mi tío corriendo y al negro saltar en una persecución acalorada, y antes de que tuviera tiempo de entender algo, había aparecido también Rorie dando instrucciones en gaélico como un perro que reúne a las ovejas perdidas de un rebaño.

Me dispuse a intervenir, y puede que hubiera sido mejor que me hubiese quedado donde estaba, pues fui yo el que hizo imposible la última escapada del loco. A partir de ese momento, ante él no había más que la tumba, los restos del naufragio y el mar de la bahía de Sandag. Pero Dios sabe que lo que hice fue con la mejor intención.

Mi tío Gordon se percató de la dirección, terrible para él, que estaba tomando la persecución. Se lanzó a derecha e izquierda, pero, aunque la fiebre corría por sus venas, el negro seguía siendo más rápido. Girara donde girase, siempre encontraba algún impedimento y se veía forzado a dirigirse a la escena del crimen. Empezó a chillar muy fuerte, de forma que se oía el eco de la costa. Rorie y yo llamábamos al negro para que se detuviera. Todo era en vano; estaba escrito. El perseguidor siguió corriendo; la caza se había acelerado ya antes de que empezara a gritar. Esquivaron la tumba y pasaron casi tocando los maderos del naufragio. En un momento ya habían atravesado la arena; mi tío no se detuvo y se lanzó directamente a las olas. El negro le siguió aún más veloz. Rorie y yo nos detuvimos; el asunto ya estaba más allá del alcance del hombre y lo que ahora sucedía ante nuestros ojos no eran sino decretos divinos. Nunca hubo un final más brusco. Estaban en lo más profundo de aquella playa escarpada y ambos toparon con el límite; ninguno de los dos sabía nadar. El negro apareció un momento y de su boca salió un grito ahogado. Pero la corriente los tenía presos. Si alguna vez volvieron a asomarse, cosa que sólo Dios sabe, tuvo que ser diez minutos más tarde, en el extremo más lejano del *Remolino* de Aros, donde las aves marinas revolotean en busca de algo de pesca.

WILL EL DEL MOLINO

CAPÍTULO PRIMERO
La llanura y las estrellas

El molino donde vivía Will con sus padres adoptivos se encontraba en un valle, entre pinares y grandes montañas. Por encima, los picos de los montes se elevaban uno tras otro, sobresaliendo de la profunda espesura del bosque, y permanecían desnudos contra el cielo. Un poco más arriba, un pueblo largo y gris se extendía como una costura o como un trapo de vapor en la ladera de un frondoso monte, y cuando el viento era favorable, los sonidos de las campanas de la iglesia llegaban finos y plateados a los oídos de Will. Debajo, el valle se hacía más y más empinado, y al mismo tiempo se ensanchaba por ambos lados; desde un promontorio cercano al molino se podía ver toda su extensión, y más allá una vasta llanura donde el río se agitaba, brillaba y recorría una ciudad tras otra en su viaje hacia el mar. Se daba la curiosidad de que en el valle había un desfiladero que llegaba hasta un vecino reino; así que a pesar de ser un lugar rural y tranquilo, el camino que iba paralelo al río se convertía casi en una carretera general que separaba dos espléndidas y poderosas sociedades. Durante todo el verano se veían caravanas de carruajes corcoveando bruscamente pendiente abajo hasta más allá del molino, y como por el otro lado era mucho más fácil el ascenso, el camino no era muy frecuentado excepto por la gente que iba sólo en una dirección; de todos los carruajes que Will vio pasar, cinco de seis se precipitaban bruscamente hacia abajo y sólo uno de seis rodaba lentamente. Y este también era el caso de los viajeros que iban caminando. Todos los turistas de a pie, todos los peatones cargados con extrañas mercancías, tendían a inclinarse como el río que acompañaba su camino. Y esto no era todo, porque cuando Will era aún un niño, se declaró una guerra desastrosa en gran parte del mundo. Los periódicos se llenaron de victorias y de derrotas, la tierra sonaba a cascos de caballería, y a menudo, durante días y en muchas millas a la redonda, la espiral de la batalla aterrorizaba a la gente tranquila que trabajaba en los campos. De todo esto, nada se había oído en el valle; pero finalmente uno de los comandantes llevó un ejército por el camino a marchas forzadas, y durante tres días, a caballo y a pie, cañones y carretas, tambores y estandartes no cesaron de pasar, camino abajo, por el molino. El niño permanecía el día entero mirando cómo desfilaban, su paso rítmico, sus caras pálidas y sin afeitar, sus ojos curtidos, sus descoloridos uniformes y las banderas hechas jirones; todo esto le inspiraba extrañeza, lástima y asombro, y durante toda la noche, después de irse a la cama, podía oír los cañonazos, el ruido de pasos y el gran armamento avanzando y bajando por el molino. Nadie en el valle supo nunca el destino de aquella expedición, ya que se mantuvieron alejados del cotilleo en aquellos tiempos inciertos; pero Will constató algo claramente, y es que ningún hombre volvió. ¿Adónde habían ido todos: los turistas y los peatones con extrañas mercancías; las carrozas[9] con los sirvientes; el agua de la corriente, siempre siguiendo su curso río abajo y siempre renovada desde arriba? Incluso el viento soplaba más a menudo en esa dirección, hacia el valle y se llevaba con él las hojas muertas de otoño. Era como una gran conspiración de cosas animadas e inanimadas. Todos iban hacia abajo, veloz y alegremente, y sólo él, parecía, se quedaba atrás, como un tronco al lado del camino. A veces, ver a los peces levantar sus cabezas contra corriente le ponía contento. Al menos ellos le eran fieles mientras todos los demás se iban camino abajo hacia un mundo desconocido. Una tarde le preguntó al molinero a dónde llevaba el río.

—Corre valle abajo —le contestó— y bordea unos cuantos molinos, seis exactamente, dicen, de aquí a Underteck, y eso es sólo una pequeña parte. Después va a las tierras bajas, riega los

[9] En inglés, *barouche,* carruaje de cuatro ruedas en el que hay un asiento en la parte delantera para el conductor y asientos en el interior para acomodar a dos parejas situadas una frente a la otra. También tenían un asiento en la parte exterior trasera para los sirvientes.

grandes campos de maíz y pasa por bellas ciudades (eso dicen) donde viven reyes en grandes palacios con un centinela paseando de aquí para allá frente a la puerta. Y va por debajo de puentes con hombres de piedra encima que sonríen cuando miran hacia abajo y ven el agua pasar y también personas vivas apoyando los codos en los muros e inclinándose para verlo. Y después sigue y sigue y pasa pantanos y arenas hasta que al final llega al mar, donde están los barcos que traen papagayos y tabaco de las Indias. ¡Tiene mucho trote por delante cuando llega cantando a nuestra presa, Dios le bendiga!

—¿Y qué es el mar? —preguntó Will.

—¡El mar! —gritó el molinero—. El Señor nos acoja, ¡es lo más grande que Dios creó! Es allí donde va todo el agua del mundo, un gran lago salado. Allí se extiende como un plato, inocente como un niño; pero dicen que cuando sopla el viento, se eleva y forma montañas de agua más grandes que las nuestras y se traga barcos mayores que nuestro molino, y ruge de tal manera que se puede oír a muchas millas de distancia tierra adentro. Hay peces cinco veces más grandes que un toro, y una vieja serpiente más larga que nuestro río, más antigua que el mundo mismo, con bigotes como los de un hombre y una corona de plata en su cabeza.

Will pensó que nunca había oído nada parecido, y siguió preguntando una y otra vez acerca del mundo que había río abajo, con todos sus peligros y maravillas, hasta que el molinero se entusiasmó también y le llevó, cogido de la mano, hasta la cima del monte que dominaba el valle y la llanura. El sol estaba a punto de ponerse, suspendido en un cielo sin nubes. Todo estaba definido y glorificado por una luz dorada. Will nunca había visto tal extensión de tierra en su vida; permaneció en pie mirando todo con los ojos bien abiertos. Pudo ver las ciudades, los bosques, los campos y las curvas brillantes del río, y más lejos, allí donde el borde de la llanura se unía con el brillo de los cielos. Y una incontrolable emoción invadió al niño en cuerpo y alma; su corazón latía tan deprisa que no podía respirar; la escena daba vueltas ante sus ojos: el sol parecía rodar y rodar, y mientras giraba, lanzaba extrañas formas que desaparecían a la velocidad del pensamiento, y se sucedían otras. Will se cubrió la cara con las manos y explotó en un violento llanto. El pobre molinero, decepcionado y perplejo, le cogió en brazos y le llevó a casa en silencio.

Desde aquel día, Will se llenó de nuevas esperanzas y anhelos. Algo tiraba de las cuerdas de su corazón; la corriente del río se llevaba sus deseos con ella mientras él soñaba mirando su fugaz superficie; el viento, mientras corría por las cimas de los árboles, le jaleaba con palabras alentadoras; las ramas le hacían señas; el camino redondeaba los ángulos e iba girando y desvaneciéndose cuesta abajo hacia el valle, torturándole con sus tentaciones. Pasaba muchos ratos en el promontorio mirando hacia el río y mucho más allá a las tierras bajas, y observaba las nubes que viajaban junto al perezoso viento e iban dejando a su paso sombras de color púrpura en la llanura, o se quedaba absorto mirando el camino y siguiendo con los ojos los carruajes que bajaban hacia el río. Poco importaba lo que fuese; cualquier cosa que bajara en esa dirección, nube o carruaje, pájaro o agua de la corriente, él sentía que se transportaba también, en un éxtasis de anhelo.

Los hombres de ciencia dicen que todas las aventuras de marineros en el mar, todos los éxodos de tribus y razas que confunden a la historia con rumores y leyendas, nacieron de algo tan abstruso como la ley de la oferta y la demanda, y un cierto instinto por las raciones baratas. Para alguien que piense un poco más profundamente esta parecerá una explicación simple y lastimosa. Las tribus que llegaron como enjambres del norte y el este, puede que fuesen empujadas por la presión de otros pueblos, pero también fueron atraídas por la influencia magnética del sur y del oeste. La fama de otras tierras les alcanzó; el nombre de la ciudad eterna sonaba en sus oídos; no eran colonos, sino peregrinos; viajaban en busca de vino, de oro y del sol, pero sus corazones anhelaban algo más elevado. Ese divino no-descanso, esa vieja curiosidad de la humanidad que produce grandes logros y grandes fracasos, lo mismo que desplegó las alas de Ícaro[10], lo mismo que llevó a Colón[11] a la desolación del Atlántico, inspiró y mantuvo a aquellos bárbaros en su peligrosa marcha. Hay una leyenda que representa profundamente su espíritu: cuenta cómo un grupo de estos viajeros encuentran a un hombre muy viejo con herrajes en los pies. El hombre les preguntó a dónde iban y contestaron al unísono: «¡A la Ciudad Eterna!». Él les miró con gravedad y respondió: «La he buscado por más de medio mundo. Tres pares de sandalias como las que llevo ahora he gastado durante mi peregrinaje y este cuarto se está ya desgastando con mis pasos, y aún no he encontrado la ciudad». Y se volvió y siguió su camino dejándoles pasmados.

Esto apenas sería paralelo a la intensidad de los sentimientos de Will por la llanura. Si tan sólo pudiera alejarse algo de ella, creía que su visión se purgaría y volvería más clara, que su porte se tornaría más delicado y que su propia respiración iría y vendría con más lujo. Fue transportado a un país extraño; se preguntaba dónde estaría, y sentía nostalgia de su hogar. Poco a poco fue juntando las piezas de las nociones rotas del mundo de ahí abajo: del río, siempre moviéndose y avanzando hasta llegar al majestuoso océano; de las ciudades, llenas de gente enérgica y bella, de fuentes, de bandas de música y de palacios de mármol e iluminadas de punta a punta por las noches con estrellas de oro artificiales; de grandes iglesias, universidades, valientes ejércitos e incalculable dinero almacenado en sótanos; del vicio que se movía bajo el sol, y del sigilo y la velocidad de un asesinato a medianoche.

He dicho que tenía nostalgia del hogar; estaba como tumbado en la penumbra, sin forma, en una preexistencia y estirando las manos amorosamente hacia una vida multicolor y multiauditiva, pero era infeliz, iría y se lo diría a los peces; ellos tenían una función en la vida, sólo deseaban gusanos, una corriente de agua

---

[10] Ícaro y su padre Dédalo fueron hechos prisioneros por el rey Minos de Creta. Para intentar escapar, Dédalo construyó una alas de cera, pero Ícaro voló demasiado cerca del Sol, lo que provocó que las alas se derritieran y que Ícaro muriese en la caída.

[11] Cristóbal Colón (1451-1506), navegante italiano, descubridor de América.

y un agujero como guarida; pero él estaba diseñado de manera diferente, lleno de deseos y aspiraciones que le hacían arder por dentro y que con todo el abigarrado mundo no podía satisfacer. La verdadera vida, el verdadero brillo del sol, se hallaban muy lejos de la llanura. ¡Oh, si pudiera ver ese brillo del sol otra vez antes de morir; moverse con espíritu jovial en una tierra dorada; escuchar a los cantantes y las campanas de las iglesias y los jardines de ocio! «¡Oh, peces! —lloraba—, ¿por qué no metéis vuestras cabezas en dirección río abajo, y os dejáis llevar por la corriente...? Sería tan fácil y llegaríais a ver los enormes barcos pasar como nubes sobre vuestras cabezas y escuchar las grandes montañas de agua sonando todo el día». Pero los peces siguieron mirando pacientemente en su propia dirección hasta que Will no supo ya si reír o llorar.

Hasta ahora el tráfico del camino había pasado para Will como en una imagen; quizá había intercambiado algún saludo con un turista, o había captado la visión de un anciano caballero a través de la ventana de su carruaje; pero en gran parte eran un mero símbolo que él contemplaba aparte, en la distancia, con cierto sentimiento de superstición. Finalmente, llegó el día en que esto cambió. El molinero, que a su manera era un hombre codicioso y nunca dejó escapar una oportunidad de hacer beneficios honradamente, eso sí, convirtió el molino en una pequeña posada y varios golpes de fortuna le brindaron la ocasión de construir establos y de convertirse en administrador de correos. Pasó a ser la obligación de Will el acompañar y atender a los clientes mientras desayunaban en el cenador situado en lo alto del jardín, y pueden estar seguros de que mantuvo sus oídos bien abiertos y aprendió muchas cosas nuevas sobre el mundo exterior mientras les traía la tortilla o el vino. Entraba en conversación con los huéspedes que estaban solos, preguntando con sensatez y escuchando con educación, y así no sólo satisfacía su curiosidad, sino que se ganaba el aprecio de los viajeros. Muchos felicitaron al viejo matrimonio de molineros por el buen servicio del chico, y un profesor quiso llevárselo con él y darle una educación adecuada en la llanura. El matrimonio estaba muy asombrado y complacido. Se hallaban encantados de haber abierto la posada. «¿Ves? —comentó el molinero—, tiene el talento de un encargado. ¡No podría haberse dedicado a nada mejor!». Y así fueron pasando los días en el valle, con gran satisfacción para todos excepto para Will. Cada carruaje que dejaba la posada se llevaba una parte de él consigo, y cuando alguien le ofrecía medio en broma llevarle a alguna parte, le costaba controlar sus emociones. Noche tras noche soñaba que le despertaban unos sirvientes aturdidos y que un espléndido carruaje le esperaba en la puerta para llevarle a la llanura; noche tras noche, hasta que llegaba el sueño que al principio le proporcionaba gran regocijo, el asunto fue adquiriendo un tono grave, y las citas nocturnas con los sirvientes y el carruaje ocuparon su mente como algo que temía y deseaba al mismo tiempo.

Un día, cuando Will tenía dieciséis años, un hombre joven y obeso llegó a la posada después de la puesta de sol. Parecía un tipo contento, con una mirada alegre, y llevaba una mochila. Mientras se preparaba la cena se sentó en la pérgola a leer, pero en cuanto observó a Will dejó el libro a un lado; era un de esos que prefieren personas de verdad que gente de tinta y papel. Will, por su parte, aunque no se había interesado por el extranjero a primera vista, pronto empezó a deleitarse con su charla, llena de sentido común y sensatez, y al final sintió por él mucho respeto, por su carácter y sabiduría. Charlaron hasta bien entrada la noche, y sobre las dos de la madrugada Will le abrió el corazón al joven y le contó cuánto anhelaba dejar el valle y las grandes expectativas que tenía con respecto a las ciudades de la llanura. El joven silbó y sonrió abiertamente.

—Mi joven amigo —dijo—, eres un muchacho muy curioso, eso seguro, y deseas grandes cosas que nunca llegarás a tener. Te avergonzarías si supieras cómo esos muchachos en esas ciudades tuyas de cuento de hadas persiguen el mismo objetivo sin sentido que tú y anhelan llegar hasta las montañas. Y déjame que te diga algo: aquellos que bajan a las llanuras no permanecen allí mucho tiempo y vuelven como locos a sus hogares. El aire allí no es tan ligero ni tan puro, y el sol no brilla tanto. En cuanto a esos hombres y mujeres tan bellos, también verás muchos en harapos y bastantes deformes y con enfermedades terribles; la ciudad es un lugar tan duro para la gente pobre y sensible que muchos prefieren morir por su propia mano.

—Debes de pensar que soy un paleto —contestó Will—. Aunque nunca he salido de este valle, créeme, he tenido los ojos bien abiertos. Sé que cualquier cosa depende de otra; por ejemplo, cómo los peces esperan en el remolino para comerse a otros peces, y el pastor, con esa imagen idílica, llevando a casa un cordero, se lo está llevando para cenar. No espero encontrar sólo cosas buenas en las ciudades. Eso no es lo que me inquieta. Puede ser que antes sí, y aunque siempre he vivido aquí, he preguntado mucho y aprendido muchas cosas en estos últimos años, las suficientes para curarme de mis viejas fantasías. Pero no quiero morir como un perro sin ver todo lo que hay que ver y hacer todo lo que un hombre debe, ya sea bueno o malo. No quiero pasar mis días entre este camino y el río; quiero levantarme y vivir mi vida, y preferiría morir que seguir haciendo lo que hago.

—Miles de personas —dijo el hombre joven— viven y mueren como tú, y no por ello son menos felices que el resto.

—¡Ah! —exclamó Will—, si hay miles de personas que querrían hacer lo que yo hago, ¿por qué ni uno solo de ellos ocuparía mi lugar?

Estaba bastante oscuro; un farolillo iluminaba la mesa en la pérgola y permitía ver las caras de los dos jóvenes, y por todo el enrejado del arco las hojas brillaban en contraste con el cielo de la noche, como un dibujo de verde transparente contra un oscuro púrpura. El hombre joven se levantó y cogiendo a Will por el brazo le llevó un poco más lejos de la luz, a cielo abierto.

—¿Alguna vez has mirado las estrellas? —dijo señalando hacia arriba.

—Muy a menudo —contestó Will.

—¿Y sabes lo que son?

—He imaginado muchas cosas.

—Son mundos como el nuestro —dijo el hombre joven—. Algunos de ellos menores; otros un millón de veces más grandes, y algunas de las más pequeñas que puedes ver no son sólo mundos, sino grupos de mundos girando alrededor de sí mismos en medio del espacio. No sabemos lo que puede haber en ninguna de ellas; quizá la respuesta a todas nuestras dificultades o la cura de todos nuestros sufrimientos, y, sin embargo, nunca las podemos alcanzar; ni con toda la habilidad de los hombres más dotados se podría mandar una nave a ninguna de esas estrellas, ni siquiera a la más cercana, y la edad del más anciano de los hombres no sería suficiente para llevar a cabo ese viaje. Cuando una gran batalla se ha perdido o un amigo muy querido ha muerto; cuando estamos deprimidos[12] o felices, ellas incansablemente brillan sobre nuestras cabezas. Podemos juntarnos aquí abajo todo un ejército y empezar a gritar hasta desgañitarnos, que ni un susurro les alcanzaría. Podemos subir a la montaña más alta y no estaremos más cerca de ellas. Todo lo que podemos hacer es permanecer aquí abajo en el jardín y quitarnos el sombrero; las estrellas brillan sobre nuestras cabezas, y como la mía está un poco calva, me atrevería a decir que la ves brillar en la oscuridad. La montaña y el ratón. Eso es lo más cercano a la relación que podremos tener con Arcturus[13] o Aldebaran[14]. ¿Puedes aplicar una parábola? —añadió, poniendo su mano en el hombro de Will—. No es lo mismo que una razón, pero normalmente es mucho más convincente.

Will bajó la cabeza un poco y luego la volvió a levantar hacia el cielo. Las estrellas parecieron expandirse y emitir un brillo más intenso, y según iba girando, sus ojos parecían multiplicarse bajo su mirada.

—Ya veo —dijo volviéndose hacia el hombre joven—. Estamos en una trampa de ratones.

—Sí, algo parecido en tamaño. ¿Has visto alguna vez una ardilla dando vueltas en una jaula? ¿Y otra ardilla sentada filo-

---

[12] En inglés, *hipped,* abreviación coloquial de hipocondría; deprimido.

[13] Llamativa estrella en la constelación de Boötes, la más brillante en el norte del firmamento; las tres estrellas en el «mango» de la curva de Plough en esa dirección.

[14] La estrella más brillante de la constelación de Tauro; sigue a las Pléyades.

sofando sobre sus nueces? No necesito preguntar cuál de ellas parece más loca.

CAPÍTULO II
La hija del pastor

Unos años más tarde, el viejo matrimonio murió, ambos en el mismo invierno, cuidadosamente atendidos por su hijo adoptivo, que mantuvo un silencioso duelo por ellos. La gente que había oído de sus fantasías supuso que se apresuraría en vender la propiedad e iría río abajo en busca de fortuna. Pero nunca hubo tal intención por parte de Will. Por el contrario, llevó a cabo algunos arreglos en la posada, contrató a un par de sirvientes para ayudarle en el negocio y se asentó convirtiéndose en un joven amable, hablador, de seis pies de altura, con una constitución de hierro y una voz suave y amigable. Pronto adquirió en el distrito el rango de ser un tipo raro. Y no era de extrañar al principio, porque estaba siempre lleno de ideas y se cuestionaba el más claro sentido común; pero lo que más se comentaba sobre él era la extraña relación con Marjory, la hija del pastor, una muchacha de unos diecinueve años cuando Will rondaba la treintena. Bastante bien parecida y mucho mejor educada que cualquier chica en esa parte del país, como su familia, iba con la cabeza muy alta y ya había rechazado varias propuestas de matrimonio con grandes aires, lo que había provocado la indignación de los vecinos. A pesar de ello, era una buena chica y cualquier hombre se habría dado por contento al tenerla a su lado.

Will apenas la conocía, porque aunque la iglesia y casa familiar estaban sólo a dos millas de su propia casa, únicamente iba allí los domingos. Sucedió, sin embargo, que la casa del pastor necesitó unas reparaciones y tuvo que ser desmantelada, y el pastor y su hija se alojaron durante un mes en la posada de Will. Con la posada, el molino y los ahorros de sus padres adoptivos, nuestro amigo era un hombre bien situado, y además de eso tenía fama de tener buen temperamento y de ser inteligente, lo que le convertía en un buen partido para el matrimonio; así que se cotilleaba entre los indeseables que el pastor y su hija no habían elegido al azar su hospedaje temporal. Will era el último hombre en el mundo al que se le pudiera engatusar o asustar con el matrimonio. Bastaba con mirarle a los ojos, limpios como espejos y con un brillo que salía de dentro, para comprender que era una de esas personas que se conocían a sí mismas y que sería fiel a sus principios. Y Marjory no era en absoluto débil, tenía una mirada firme y resuelta y un porte silencioso. Estaba por ver si congeniaría con él por su tenacidad y quién de los dos llevaría la batuta en el matrimonio. Pero Marjory nunca se había planteado nada en absoluto y acompañaba a su padre con la mayor inocencia y despreocupación.

La temporada aún no había comenzado de lleno y los clientes eran pocos y llegaban espaciados; pero las lilas ya estaban floreciendo, y el tiempo era tan suave que los tres cenaban bajo el arco del jardín oyendo el sonido del río y las canciones de los pájaros en el bosque. Will empezó a coger el gusto por estas cenas. El pastor era una compañía más bien aburrida y tenía la costumbre de cabecear en la mesa, pero nada rudo ni cruel salió nunca de su boca. En cuanto a la hija del pastor, se adaptaba al entorno con la mayor gracia imaginable, y todo lo que decía parecía tan adecuado y bonito que Will se tornó muy receptivo hacia sus talentos. Podía ver su cara cuando se inclinaba, con los pinos detrás; sus ojos brillaban con paz y la luz resplandecía alrededor de su pelo como una pañoleta; un esbozo de sonrisa ondulaba sus pálidas mejillas, y Will no podía evitar recrearse mirándola con agradable aflicción. Parecía, incluso en sus momentos más silenciosos, tan completa, tan viva con las puntas de sus dedos, que hasta las faldas de su vestido hacían que el resto de la creación no fuese más que una mancha comparado con ella, y si Will apartaba sus ojos de ella, los árboles parecían inanimados y carentes de sentido, las nubes colgaban del cielo como muertas y hasta las cimas de las montañas perdían su encanto. El valle entero no podía competir en belleza con aquella chica.

Will siempre había sido muy observador con sus semejantes, pero sus observaciones se volvieron casi dolorosamente entusiastas en el caso de Marjory. Escuchaba todo lo que ella decía, y a la vez leía en sus ojos para descubrir lo que no decía. Muchas conversaciones amables, sencillas y sinceras encontraron eco en su corazón. Se volvió consciente de un alma maravillosamente serena, sin dudas ni deseos, envuelta en paz. No era posible separar sus pensamientos de su apariencia. El movimiento de su muñeca, el firme sonido de su voz, la luz de sus ojos, las líneas de su cuerpo, estaban en sintonía con sus graves y gentiles palabras, como el acompañamiento que sostiene y armoniza la voz del cantante. Su magnetismo no era algo que se pudiera dividir o discutir, sólo sentir con gratitud y alegría. A Will su presencia le evocaba algo de su infancia, y ella pasó a ocupar sus pensamientos más que el atardecer, la corriente de agua o las violetas y lilas tempranas. Es una propiedad de las cosas que uno ve por primera vez, o después de mucho tiempo, como las flores en primavera, el despertar en nosotros la agudeza de los sentidos y esa impresión de rareza mística, que de otra manera pasaría inadvertida con el transcurso de los años; pero la visión de un rostro amado es lo que renueva el carácter de un hombre como la fuente en la montaña.

Un día, después de cenar, Will fue a dar una vuelta; una beatitud grave le invadió de la cabeza a los pies, y según caminaba se sonreía a sí mismo y al paisaje. El río corría entre las piedras con un bello griñón; un pájaro cantó alto en el bosque; las cimas de los montes parecían inmensurablemente altas, y al mirarlas de cuando en cuando parecía que ellas observaban sus movimientos con una curiosidad benévola. El camino le llevó al promontorio que domina la llanura, y allí se sentó en una roca y cayó en una placentera meditación. La llanura se extendía abajo con sus ciudades y su río de plata; todo estaba adormecido, excepto un gran remolino de pájaros que se elevaban y caían, y daban vueltas y vueltas por el cielo azul. Repitió el nombre de Marjory en voz alta y su sonido fue gratificante para su oído. Cerró los ojos y su imagen apareció frente a él, silenciosa, luminosa y envuelta de buenos pensamientos. El río podría estar corriendo siempre y los pájaros volando cada vez más alto hasta tocar el cielo. Mas para él la actividad era nula, no tenía ni que mover un pie; esperando pacientemente en su estrecho valle, había alcanzado el mejor brillo del sol.

Al día siguiente Will hizo una especie de declaración mientras el pastor llenaba su pipa.

—Señorita Marjory —dijo—, nunca conocí a nadie que me gustara tanto como usted. Soy un hombre más bien frío y poco amable, no porque lo sea de corazón, sino por mi extraña forma de pensar, y la gente parece estar lejos de mí. Es como si hubiera un círculo a mi alrededor que mantuviera a todo el mundo fuera menos a usted. Puedo oír a los otros hablar y reír, pero usted se acerca silenciosa. Quizá esto le resulte desagradable...

Marjory no contestó.

—Di algo, niña —dijo el pastor.

—No, ahora no —contestó Will—; yo no la presionaría, pastor. A mí también me cuesta hablar, porque no estoy acostumbrado a ello, y ella es una mujer, o poco más que una niña. Pero por mi parte, y por lo que puedo llegar a comprender, según he oído decir a la gente, creo que estoy lo que llaman enamorado. No deseo comprometerme porque puedo estar equivocado, pero así es como me siento. Y si a la señorita Marjory le ocurriese lo mismo conmigo, quizá podría asentir con la cabeza.

Marjory estaba en silencio y no hizo señal alguna de haber oído.

—¿Qué piensa usted, pastor?

—La chica debe hablar —replicó el pastor, bajando la pipa—. Aquí nuestro vecino dice que te ama, Madge. ¿Tú le amas a él, sí o no?

—Creo que sí —dijo Marjory levemente.

—¡Bueno, pues esto era todo lo que deseaba! —gritó Will entusiasmado, al tiempo que cogía su mano en la otra punta de la mesa y la sujetaba entre las suyas con gran satisfacción.

—Os tenéis que casar —opinó el pastor, volviendo a colocar la pipa en su boca.

—¿Usted cree que eso es lo correcto? —preguntó Will.

—Es indispensable —contestó el pastor.

—Muy bien —replicó el cortejador.

Dos o tres días pasaron con gran deleite para Will, aunque un espectador apenas lo hubiera notado. Continuó cenando frente a Marjory, hablando con ella y mirándola en presencia de su padre; pero no hizo nada para que se encontrasen a solas, ni tampoco cambió su conducta hacia ella en ningún aspecto. Quizá la chica estuviese un poco decepcionada, acaso con razón; sin embargo, si hubiera sido suficiente con estar continuamente en los pensamientos de otra persona, y así extenderse y alterar su vida entera, habría estado totalmente contenta. Porque ni por un instante estaba fuera de la mente de Will. Éste se sentaba sobre la corriente y miraba el remolino, los hierbajos y los peces serenos, y divagaba él solo con los mirlos que trinaban a su alrededor en el bosque; se levantaba pronto por la mañana y veía cómo se transformaba el cielo desde el gris al dorado, la luz que saltaba entre las cimas de los montes, y durante todo ese tiempo se preguntaba si había visto alguna vez tales maravillas o cómo es que ahora las veía diferentes. El sonido de la rueda de su molino o el viento entre los árboles confundían y encantaban su corazón. Los pensamientos más encantadores se presentaban espontáneamente en su mente. Se sentía tan feliz que no podía dormir por la noche, y tan incansable que apenas podía estarse quieto sin su compañía. Aun así parecía que la evitaba más que buscarla.

Un día, cuando volvía de dar un paseo, Will encontró a Marjory en el jardín cogiendo flores; aflojó el paso y se puso a caminar a su lado.

—¿Te gustan las flores? —preguntó.

—Sí, me encantan —contestó ella—. ¿Y a ti?

—Pues no, no mucho —dijo él—. Son poca cosa. Me gusta la gente que las cuida, pero no lo que tú estás haciendo ahora.

—¿El qué? —preguntó ella parándose y mirando hacia él.

—Arrancarlas. Están mucho mejor en su sitio y resultan mucho más bonitas.

—Pero yo las quiero para mí —repuso ella—, tenerlas cerca de mi corazón y en mi habitación; me tientan cuando crecen aquí. Parecen decir: «ven y haz algo con nosotras»; pero una vez que las he cortado y colocado en algún lugar, ya no dicen nada y puedo mirarlas tranquilamente.

—Tú lo que quieres es poseerlas para no tener que pensar más en ellas —dijo Will—. Es un poco como matar a la gallina de los huevos de oro. Es algo como lo que yo deseaba cuando era niño. Me gustaba dominar la bahía desde lo alto y quería ir hasta allí abajo, donde no pudiera ver nada más lejos. ¿Es un buen razonamiento? Oh, querida, si la gente pensara en ello, todo el mundo haría como yo, y tú dejarías a las flores tranquilas, como están allí en las montañas —de repente se interrumpió y gritó—: ¡Oh, Dios mío!

Ella le preguntó qué le sucedía, pero él ignoró la pregunta y salió andando hacia la casa con una expresión de mal humor en su cara.

En la mesa estuvo callado, y después de caer la noche y de que las estrellas hubieran salido, caminó de acá para allá por el patio durante horas con un recorrido desigual. Aún brillaba la luz en la ventana de Marjory. Un pequeño rectángulo naranja en un mundo de montes azul oscuro y de reflejos plateados de las estrellas. La mente de Will le daba vueltas a la ventana iluminada; pero sus pensamientos no eran como los de un enamorado. «Allí está en su habitación —pensó—, y allí encima están las estrellas. Que Dios les bendiga a ambas». Eran una buena influencia en su vida; le tranquilizaban y le daban fuerza en su profundo bienestar con el mundo. ¿Qué más podría desear? El hombre obeso y joven y sus consejeros estaban tan presentes en su mente que inclinó la cabeza hacia atrás y, poniendo las manos a los lados de su boca, gritó fuerte hacia los poblados cielos. Por la posición de su cabeza o por la repentina tensión del esfuerzo, le pareció ver un choque momentáneo entre estrellas y la difusión de una luz glacial pasando de una a otra a través del firmamento. En ese mismo instante una esquina de la persiana se levantó y luego se bajó definitivamente. Dio una sonora carcajada. «¡Una y la otra! —pensó Will—. Las estrellas tiemblan y la persiana se levanta. ¡Oh, cielos, qué gran mago soy! Si estuviese loco, ¿no sería una buena manera de estarlo?». Y se fue a la cama riéndose entre dientes: «¡Si estuviese loco...!».

A la mañana siguiente, muy temprano, la vio de nuevo en el jardín y fue a su encuentro.

—He estado pensando acerca de nuestro matrimonio —comenzó bruscamente—, y después de darle muchas vueltas me he decidido y creo que no merece la pena.

Ella se giró hacia él un momento, pero su apariencia radiante y amable habría desconcertado a un ángel, y miró hacia el suelo en silencio. Él pudo ver cómo temblaba.

—Espero que no te importe —continuó un poco desconcertado—. No debería. Lo he pensado mucho y no es por ninguna razón en concreto. Nunca deberíamos estar más cerca de lo que estamos ahora, y si soy un hombre sabio, nunca más felices.

—No es necesario que te andes por las ramas conmigo —dijo ella—; recuerdo muy bien que no quisiste comprometerte, y ahora veo que estabas equivocado, que en realidad nunca te importé; sólo puedo sentir tristeza por haber sido engañada.

—Te pido perdón —dijo Will rotundamente—; no has entendido lo que quiero decir. Si te he amado o no alguna vez, dejo que lo juzguen los demás. Pero una cosa es cierta, mis sentimientos no han cambiado, y por otro lado puedes jactarte de que has cambiado completamente mi vida y mi carácter. Estoy diciendo lo que siento, de veras. No creo que casarse merezca la pena. Preferiría que siguieras viviendo con tu padre; así podría ir a verte una o dos veces por semana, como ir a misa, y los dos estaríamos felices el resto de la semana. Esa es mi idea. Pero si tú lo deseas, me casaré contigo —añadió.

—¿Te das cuenta de que me estás insultando? —estalló ella.

—No, Marjory —respondió él—, sobre eso tengo la conciencia clara. Te ofrezco todo mi corazón; puedes quererlo o no, aunque sospecho que está ya fuera de nuestro alcance cambiar lo que ya está hecho, y dejarme libre como antes. Me casaré contigo si quieres, pero una vez más te digo que no merece la pena, y sería mejor que siguiéramos siendo amigos. Aunque soy un hombre callado, he notado un montón de cosas en mi vida. Confía en mí y acepta mi propuesta, o si no te complace, dilo y me casaré contigo en cuanto quieras.

Hubo una pausa considerable, y Will, que empezó a sentirse incómodo, sintió cómo empezaba a enfadarse por ello.

—Parece que eres demasiado orgullosa para decir lo que piensas —dijo—. Es una pena, créeme. Hablar con claridad hace la vida más fácil. ¿Puede un hombre ser más categórico y honorable de lo que yo lo he sido contigo? He dicho lo que tenía que decir y he puesto la elección en tus manos. ¿Quieres casarte conmigo o prefieres tener mi amistad? ¿O no quieres saber nada más de mí? ¡Di algo, por el amor de Dios! Sabes que tu padre dice que una muchacha tiene que hablar y dar su parecer en estos asuntos.

Ella pareció recobrarse un poco; se dio la vuelta sin decir una sola palabra, caminó rápidamente por el jardín y desapareció en el interior de la casa, dejando a Will confundido en cuanto a su decisión. Él anduvo arriba y abajo por el jardín silbando suavemente. A veces paraba y contemplaba las cimas de los montes y el cielo; otras, bajaba hasta el final de la presa y se sentaba mirando fijamente el agua. Todas esas dudas y perturbación eran tan ajenas a su naturaleza y a la vida que había escogido resueltamente para él, que empezó a lamentar la llegada de Marjory. «Después de todo —pensó—, yo era un hombre feliz. Podía bajar hasta aquí a mirar mis peces todo el día si quería; estaba bien instalado y contento en mi viejo molino».

Marjory bajó a cenar muy arreglada y callada, y en cuanto los tres estuvieron sentados a la mesa empezó a hablarle a su padre con los ojos fijos en su plato, sin mostrar ningún signo de vergüenza o tensión.

—Padre —comenzó—, Will y yo hemos estado hablando. Nos hemos dado cuenta de que ambos hemos cometido un error con respecto a nuestros sentimientos, y él se ha mostrado de acuerdo con mi petición de desistir sobre la idea del matrimonio y de ser simplemente buenos amigos, como al principio. Como ves, no ha habido pelea alguna y espero que le veamos a menudo en el futuro, ya que siempre será bienvenido en nuestra casa. Por supuesto, padre, se hará como usted diga; pero quizá sea mejor dejar ya la casa de Will. Creo que después de lo que ha pasado sería mejor partir.

Will, que se había contenido con dificultad desde el principio, intentó pronunciar alguna palabra; levantó la mano en señal de consternación, como si fuera a intervenir y contradecir lo que ella dijo. Pero la joven le echó una mirada rápida y enfadada, y continuó:

—Quizá tendrás la amabilidad de dejarme explicar este asunto a mí.

Will se quedó completamente desconcertado por su expresión y el timbre de su voz y se quedó callado, llegando a la conclusión de que había ciertas cosas en esta muchacha que escapaban a su entendimiento y que él no se equivocaba.

El pobre pastor se quedó cariacontecido. Intentó probar que esto no era más que una disputa de enamorados y que se pasaría antes de que llegara la noche, y cuando fue disuadido de ello, comenzó a discutir argumentando que si no había habido pelea no podía haber separación; porque al hombre le gustaba tanto su anfitrión como la estancia en la posada.

Fue curioso ver cómo la muchacha manejó a los dos, diciendo poco y muy suavemente, llevándoles hacia donde ella quería con su tacto femenino y a la vez con autoridad. Apenas se creería que ella lo hubiera provocado; parecía simplemente que las cosas habían sucedido así sin más, y esa misma tarde ella y su padre partieron en su carreta valle abajo a esperar, mientras su casa estaba lista, en otra posada. Pero Will había estado observando de cerca y conocía bien su destreza y su resolución. Cuando se encontró solo necesitó repasar muchos asuntos que tenía en la cabeza. Para empezar se sintió muy triste y solitario; todo interés había salido de su vida, y aunque pudiera permanecer todo el tiempo que quisiera mirando las estrellas, no encontró apoyo ni consuelo. Y estaba trastornado por Marjory. Se había quedado perplejo e irritado por su comportamiento y a la vez le causaba una gran admiración. Creyó que acababa de descubrir a un refinado y perverso ángel en aquella alma que nunca había sospechado que existiera hasta ahora, y aunque vio que sería una influencia peligrosa en su vida de calma artificial, no pudo evitar el deseo ardiente de poseerlo. Como un hombre que hubiese vivido entre sombras y que ahora viera el sol, estaba a la vez dolorido y encantado.

Según fueron pasando los días iba de un extremo a otro; unas veces sintiéndose fuerte en su determinación, otras despreciando su estúpida cautela. Lo primero fue, quizá, el verdadero sentimiento de su corazón, y representaba el tono regular de sus reflexiones; pero lo último irrumpía de cuando en cuando salvaje y violento, y le hacía olvidar cualquier consideración; subía y bajaba por toda la casa y el jardín, o caminaba entre los abetos con remordimiento. Para el equilibrado y sensato Will este estado de cosas era intolerable y tomó la decisión, cualquiera que fuese el coste, de ponerle fin. Así que una templada tarde de verano se vistió con sus mejores galas, cogió una fusta de espinas en la mano y fue valle abajo por el río. En cuanto tomó la determinación, volvió a encontrar su acostumbrada paz interior y volvió a disfrutar del entorno, del brillo y de la variedad de la escena sin ninguna sensación de alarma ni de ansiedad. A él le daba exactamente igual cómo terminara el asunto. Si le aceptaba, tendría que casarse con ella esta vez, que quizá fuese lo mejor. Si le rechazaba, él habría hecho lo máximo, y podría seguir su camino en el futuro con la conciencia tranquila. Esperaba, en lo más hondo de su ser, que ella le rechazara; pero luego, de nuevo, al ver el tejado marrón que la protegía y mirando furtivamente a través de unos sauces en un ángulo del arroyo, estuvo inclinado a invertir el deseo y se sintió bastante avergonzado de sí mismo por su falta de firmeza y determinación.

Marjory pareció muy contenta de verle y le extendió su mano con sinceridad.

—He estado pensando sobre este matrimonio —comenzó él.

—Y yo también —contestó la muchacha—. Y te respeto más cada día por ser un hombre tan sabio. Me comprendiste mejor de lo que yo me comprendí a mí misma, y ahora estoy segura de que las cosas están mucho mejor así como son.

—Sí, pero al mismo tiempo...

—Debes de estar cansado —le interrumpió ella—. Siéntate y déjame traerte un vaso de vino. La tarde está calurosa; y quiero que sea para ti una visita agradable. Tienes que venir a menudo; una vez por semana, si puedes y tienes tiempo. Siempre me agrada ver a mis amigos.

«¡Ah!, muy bien —pensó Will—. Parece que estaba en lo cierto después de todo». Tras la visita, que le resultó muy agradable, caminó hacia su casa bastante animado y no se preocupó más del asunto.

Durante casi tres años, Will y Marjory continuaron viéndose en estos términos, una o dos veces por semana, sin intercambiar ni una palabra de amor. Y durante ese tiempo creo que Will fue todo lo feliz que un hombre puede llegar a ser. Casi se restringía a sí mismo el placer de ir a verla, y en ocasiones, a mitad de camino hacia la casa del pastor se volvía, como para saciar su apetito. De hecho, había una esquina en el camino, desde donde se podía ver la aguja de la iglesia, encajada en una hendidura del valle entre bosques de abetos inclinados, con fragmentos triangulares de llanura, que él apreciaba mucho como lugar para sentarse y meditar antes de tomar la dirección de su casa; los campesinos se acostumbraron de tal manera a verle sentado allí que empezaron a llamar a aquella esquina la de Will el del molino.

A los tres años Marjory le jugó una mala pasada casándose de repente con otro. Will no perdió la serenidad y pensó que con lo poco que conocía a las mujeres, había actuado muy prudentemente al no casarse con la joven tres años antes. Ella, claramente, no se conocía mucho a sí misma, y a pesar de sus engañosos modales, era tan inconstante y voluble como el resto de las muchachas. Tenía que felicitarse a sí mismo por haberse librado y, en consecuencia, tendría una opinión más elevada sobre su propia sabiduría. Pero en realidad estaba bastante disgustado; estuvo abatido durante uno o dos meses y fue decayendo, para sorpresa de sus sirvientes.

Sería quizá un año después del matrimonio de Marjory cuando Will se despertó una noche con el sonido de un caballo galopando en el camino, seguido de golpes en la puerta de la posada. Abrió su ventana y vio a un caballo al que sujetaba por las riendas un sirviente que le pidió se vistiera rápidamente y le acompañara, porque Marjory se estaba muriendo y había mandado a buscarle para que acudiera al lado de su cama. Will no era un buen jinete y fue tan despacio que la pobre mujer estaba ya muy cerca del final cuando llegó, pero pudieron tener unas palabras en privado y él estuvo presente y lloró amargamente cuando ella respiró por última vez.

CAPÍTULO III
La muerte

Pasaron los años, con grandes explosiones y revueltas en las ciudades de la llanura; rebeliones que surgían y eran reprimidas con sangre; batallas aquí y allá; pacientes astrónomos en torres habilitadas como observatorios bautizando nuevas estrellas; obras que se interpretaron en teatros iluminados; gente que era llevada al hospital en camilla, y el desorden y agitación de las vidas de los hombres en los centros superpoblados. Arriba, en el valle de Will, sólo los vientos y las estaciones marcaron época. Los peces seguían en los rápidos del río; los pájaros, dando vueltas en lo alto; las cimas de los pinos susurrando bajo las estrellas y los altos montes dominándolo todo, y Will, de un lado para otro, ocupándose de su posada hasta que su cabeza se fue llenando de canas. Su corazón era joven y vigoroso, su pulso se mantenía sobrio y seguía latiendo acompasado en sus muñecas. Tenía dos manchas coloradas en las mejillas, como una manzana madura. Andaba un poco encorvado. pero su paso era firme aún y sus manos fibrosas se extendían para todos con una fuerza amistosa y sincera. Su cara estaba cubierta de esas arrugas que se adquieren al aire libre y que bien miradas no eran más que una quemadura de sol permanente; tales arrugas aumentan la estupidez de las caras estúpidas. Pero en una persona como Will, con sus ojos claros y su gesto sonriente, le añadían otro encanto más, prueba de la vida fácil y sencilla que llevaba. Su conversación estaba llena de palabras sabias. Le gustaba la gente y a la gente le gustaba él. Cuando el valle estaba lleno de turistas en temporada, pasaban noches felices en la pérgola, y sus vistas, que a sus vecinos les parecían fantásticas, eran admiradas por gente culta proveniente de ciudades y universidades. Ciertamente, estaba en una edad noble, y fue haciéndose cada vez más conocido; su fama llegó hasta las ciudades de la llanura, y los jóvenes que le habían conocido durante el verano hablaban de él en los cafés, de Will el del molino y su ruda filosofía. Tuvo muchas invitaciones, pero nada pudo tentarle a dejar su valle. Movía la cabeza y sonreía con su pipa en la boca diciendo:

—Llegáis demasiado tarde. Soy hombre muerto. Ya he vivido y he muerto. Hace cincuenta años me hubiera saltado el corazón, y ahora ni siquiera me tienta. Pero esa es la meta de vivir mucho tiempo, el hombre deja de interesarse por la vida. Sólo hay una diferencia entre una larga vida y una buena cena: que en la cena los dulces llegan por último —y añadía—: Cuando era un muchacho estaba un poco confuso, y no sabía bien si era yo o el mundo lo que merecía la pena pararse a mirar. Ahora sé que soy yo, y me agarro a eso.

Nunca mostró síntoma alguno de debilidad, y se conservó robusto y firme hasta el último momento; pero dicen que se volvió menos hablador hacia el final y que escuchaba a los demás durante horas con gesto divertido y comprensivo, pero en silencio. Sólo hablaba para matizar algún punto, cargado de la experiencia de los años. Se bebía una botella de vino alegremente en la cima del monte, a la puesta de sol, o por la noche, bajo las estrellas, en la pérgola. Solía decir que la visión de algo atractivo e inalcanzable aderezaba su gozo, y profesaba que había vivido lo suficiente como para admirar una vela, más aún cuando podía compararla con un planeta.

Una noche, cuando tenía setenta y dos años, se despertó en la cama sintiendo malestar en el cuerpo y en la mente; se levantó, se vistió y se fue a meditar a la pérgola. Estaba muy oscuro y no había ni una estrella. El río estaba agitado y la humedad de los bosques y las praderas impregnaba el aire con su perfume. Había estado tronando durante el día, y el siguiente prometía más truenos. Una noche tenebrosa y rígida para un hombre de setenta y dos años. Ya fuese por el mal tiempo o el insomnio, o por un toque de fiebre en sus viejas extremidades, la mente de Will fue asediada por tumultuosos y tristes recuerdos. Su niñez, la noche con el joven obeso, la muerte de sus padres adoptivos, los días de verano con Marjory y muchos de esos pequeños detalles que no tendrían importancia para otros, pero que son la esencia misma de la vida de un hombre; las cosas que vio, las palabras que oyó, las miradas malinterpretadas, todo salió de los rincones del olvido y usurpó su atención. Hasta los muertos estaban con él, no como meros personajes de ese desfile de recuerdos que pasaba por su mente, sino revistiendo sus sentidos como lo hacen en los sueños vívidos y profundos. El joven obeso apoyaba los codos en la parte opuesta de la mesa; Marjory llegó y fue con un mandil de flores hasta un punto entre el jardín y la pérgola; podía oír al pastor limpiando su pipa o sonándose ruidosamente la nariz... La marea de su conciencia fluía y refluía: a veces estaba adormecido y sumergido en su recolecta del pasado, y otras, completamente despierto asombrándose a sí mismo. Y cómo en mitad de la noche se sobresaltó con la voz del viejo molinero que le llamaba para que saliera de la casa, como solía hacerlo cuando llegaba un cliente. La alucinación fue tan perfecta que Will se levantó de su asiento y permaneció atento por si la voz se repetía. Y según escuchaba fue consciente de otro sonido diferente del alboroto del río y del pitido de sus oídos febriles. Era como el atizar de caballos y el rechinar de los arneses, como si un carruaje con ocupantes impacientes hubiese llegado hasta la puerta del jardín. A esa hora intempestiva, por un camino tan duro y peligroso, aquella suposición era más que absurda. Will la ignoró, volvió a su silla en la pérgola y se adormeció de nuevo con el sonido del agua. Pero otra vez más la voz del viejo molinero le despertó, más potente y más espectral que antes, y oyó de nuevo el ruido de un carruaje en el camino. Una y otra vez el mismo sueño, o la misma fantasía, hasta que al final se dirigió hacia la puerta para asegurarse de que eran alucinaciones.

Desde la pérgola hasta la entrada no había mucha distancia, pero a Will le llevó su tiempo; parecía que los muertos estuviesen merodeando por el patio, y fue paso a paso cruzando el camino. De repente, se sorprendió por la intensa dulzura de los heliotropos[15]; era como si su jardín hubiera sido plantado con estas flores de punta a punta y la húmeda y caliente noche hubiese esparcido todos sus perfumes a la vez. El heliotropo era la flor favorita de Marjory y desde que murió ni una sola de estas flores había sido plantada en el terreno de Will. «Debo de estar volviéndome loco —pensó—. ¡Pobre Marjory y sus heliotropos!». Y alzó la mirada hacia la que una vez había sido su ventana.

Si antes estaba desconcertado, ahora estaba aterrorizado, porque había luz en la habitación. La ventana era un rectángulo naranja, como antaño; la esquina de la persiana estaba subida, y se dejó caer como en la noche en la que permaneció fuera gritándole a las estrellas. La ilusión sólo duró un instante, pero de alguna manera le dejó amedrentado, frotándose los ojos y mirando hacia el contorno de la casa y la negrura de la noche detrás de ella. Mientras permanecía allí en pie lo que le pareció un buen rato, le llegaron de nuevo los ruidos del camino y se volvió justo cuando un extraño avanzaba hacia él a través del patio. Había algo como el perfil de un gran carruaje que se distinguía en el camino detrás del extraño, y encima de todo aquello las puntas de unos cuantos pinos negros, que parecían plumas.

—¿Maestro Will? —preguntó el recién llegado, de un modo breve y militar.

—El mismo, señor —respondió Will—. ¿Puedo hacer algo por usted?

[15] En la mitología griega, Apollo, el dios Sol, amaba a la ninfa Clytie, pero renunció a ella y tomó en su lugar a su hermana Leucothoe. Al descubrirlo, Clytie se consumió y Apollo la convirtió en un girasol, una planta heliotrópica, porque siempre se vuelve hacia el Sol. Originalmente se aplicó este término a cualquier planta de estas características, pero ahora se refiere sólo a las plantas del género *Heliotropium*.

—He oído hablar mucho de usted, maestro Will —contestó el otro—; mucho y bien. Y aunque estoy muy ocupado, me gustaría beber una botella de vino con usted en la pérgola. Antes de partir me presentaré.

Will le guio hasta el enrejado del arco y cogió una lámpara encendida y una botella sin descorchar. No estaba del todo desacostumbrado a ese tipo de entrevistas y no puso muchas esperanzas en ésta, porque ya había tenido más de una decepción. Una especie de nube le había envuelto el sentido común y no se acordaba de lo raro de tal situación a aquella hora. Se movía como alguien en su sueño, y pareció que la lámpara se había encendido y la botella descorchado con la facilidad del pensamiento. También tenía cierta curiosidad por la apariencia de su visitante, e intentó en vano girar la luz hacia su cara; o bien estaba sujetando la lámpara torpemente o veía borroso; no pudo ver más que la sombra frente a él en la mesa. Observó atentamente esa sombra mientras limpiaba sus gafas y comenzó a sentirse frío y extraño. El silencio pesaba, porque era incapaz de oír nada, ni siquiera el río, sólo el latir de sus arterias en sus oídos.

—A su salud —dijo el extraño ásperamente.

—A su servicio, señor —contestó Will, dando un sorbo de su vino, que de alguna manera sabía raro.

—Creo saber que es usted una persona muy positiva —continuó el extranjero.

Will respondió asintiendo con la cabeza y con una sonrisa de satisfacción.

—Yo también —dijo el otro—, y es un placer pasearme por los sentimientos de la gente. No he encontrado a nadie positivo excepto a mí; ni uno. He atravesado las fantasías, en otros tiempos, de reyes, generales y grandes artistas. ¿Y qué diría usted si hubiese venido aquí a atravesar las suyas?

Will estuvo a punto de darle una aguda réplica, pero la amabilidad de viejo posadero prevaleció; se mantuvo sereno y contestó haciendo un gesto civilizado con la mano.

—Pues es a lo que he venido —dijo el extraño—. Y si no tuviera una estima especial hacia usted no diría una palabra sobre

el asunto. Parece que usted se siente orgulloso de estar donde está. Ha permanecido todo este tiempo en la posada. Ahora tendrá que venir conmigo a dar una vuelta en mi carruaje antes de que se vacíe la botella.

—Eso sí que sería extraño —replicó Will, con una risita—. ¿Por qué, señor? Yo he crecido aquí como un viejo roble; ni el mismo Diablo podría arrancar mis raíces de aquí, y por lo que veo usted es un viejo caballero muy entretenido. Le apostaría otra botella a que pierde usted las penas aquí conmigo.

La vista de Will estaba cada vez más borrosa, mas era consciente de alguna manera del agudo y escalofriante escrutinio del otro, cosa que le irritaba pero al mismo tiempo le dominaba.

—No piense —irrumpió de repente de una manera explosiva y febril que le hizo alarmarse a sí mismo— que quiero quedarme en casa porque le temo a algo. Dios sabe que ya estoy cansado de todo, y cuando llegue el momento para el viaje más largo que uno pueda imaginar, estaré preparado.

El extraño vació la copa y la empujó lejos de él. Miró hacia abajo unos instantes y después, apoyado en la mesa, dio tres golpecitos con el dedo en el brazo de Will.

—¡El momento ha llegado! —dijo solemnemente.

Un terrible escalofrío se extendió desde el punto que había tocado. El tono de voz era aburrido y alarmante a la vez, y produjo eco en el corazón de Will.

—Perdón —dijo, perdiendo algo de compostura—. ¿Qué ha querido decir?

—Míreme, y su visión dará vueltas. Levante la mano; pesa como muerta. Esta es su última botella de vino, maestro Will, y su última noche en la tierra.

—¿Es usted médico? —preguntó Will con voz trémula.

—El mejor que nunca existió —replicó el otro—. Porque curo el cuerpo y la mente con la misma receta. Acabo con el sufrimiento y perdono todos los pecados, y si mis pacientes han ido por mal camino en vida, suavizo cualquier complicación y les doy la libertad.

—No le necesito —dijo Will.

—Llega un momento para todos los hombres, maestro Will, en que se les arrebata el timón. Para usted, puesto que ha sido prudente y tranquilo, ha tardado más en llegar, y ha tenido mucho tiempo para prepararse ante esta recepción. Ha visto cuanto puede ser visto en su molino; ha permanecido cerca de él todos los días, como una liebre en su guarida; pero ahora todo llega a su fin, debe levantarse y venir conmigo.

—Es usted un médico extraño —dijo Will, mirando resueltamente a su huésped.

—Soy la ley natural y la gente me llama Muerte.

—¿Por qué no me lo dijo al principio? —gritó Will—. Le he estado esperando todos estos años. Déme su mano y bienvenido.

—Apóyese en mi brazo —dijo el extranjero—, porque ya se está quedando sin fuerza. Apóyese en mí todo lo que necesite, porque, aunque viejo, soy muy fuerte. No hay más que tres pasos hasta mi carruaje y allí todo se acabará. ¿Por qué, Will, he estado anhelando nuestro encuentro como si fuese mi propio hijo, y de todos los hombres es usted al que he venido a buscar con más alegría? Soy cáustico, y a veces ofendo a la gente a primera vista; pero soy un amigo de corazón, como lo es usted.

—Desde que se llevó a Marjory —contestó Will— declaré frente a Dios que el único amigo con el que me quería encontrar era con usted.

Y así se alejaron los dos, codo con codo, a través del patio del jardín.

Uno de los sirvientes se despertó en ese momento y oyó el relinchar de los caballos antes de quedarse dormido otra vez. Durante toda la noche sopló un viento suave y firme que descendía hacia la llanura, y cuando el mundo se despertó a la mañana siguiente, Will *el del molino* había emprendido al fin su viaje.

ÍNDICE